上海博物馆特展纵览

金 色 华 章

上海博物馆文化交流展览集粹

金色年华　大美天下
——《上海博物馆特展纵览》序

　　摸清博物馆家底的紧迫性，正逐步得到重视和回应。首先是在藏品方面。2004年到2010年，故宫博物院耗时七年进行了历史上第五次，也是规模最大的一次文物清理，实现全部藏品账物相符，数量精确到个位。当初宣告这一浩大工程胜利结束时，一些参与其事的员工欣喜之下竟相拥而泣。故宫博物院这一率先之壮举，各地同行为之振奋，亦闻之动容。十年后，上海博物馆也以巨大的人力投入，不惮劳烦、奋战数年，完成了文物清库，理清了逾百万件／套藏品的种类、数量、状态等基本情况。其实藏品之外，博物馆还有其他方面的"家底"，同样重要，必须作为基础工作、基本信息，抓好、落实、摸清。

　　编撰这套"上海博物馆特展纵览"系列，体现了上述考虑。对那些有点年头、又上了一定规模的博物馆，其历史上举办过的展览及所取得的成绩与影响，自是无价的历史财富，也像是机构自身的一种文化基因或隐藏密码。在高度强调"让文物活起来"的今天，整理有关资料，梳理史实、完善记录，把以往所办展览的面貌、轮廓、特点、要旨等系统呈现出来，一定会对当下及未来的工作给予借鉴和启迪。所以在酝酿上海博物馆70周年馆庆规划之初，就形成了编辑出版这部多卷本特展纵览的计划，将之列为加强馆史研究的一项重要内容。

　　推进过程中发生的一桩事，引起大家的思考。2021年4月，美国有一位苏珊娜女士，通过外交渠道表示愿意捐赠由她祖父从中国带到美国的两件明代陶俑，使其归还中国人民。事情还需回溯到数十年前，改革开放后国门初开，上海博物馆赴美办展，曾展出一套好几十件的明代彩色釉陶仪仗俑，这祖孙两人观展后觉得与其家藏陶俑非常相似，留下至深记忆。获知此事后，我们马上咨询相关专家并查阅档案，确定那是1983年，上海博物馆赴旧金山亚洲艺术博物馆举办"上海博物馆珍藏——六千年的中国艺术展览"，展品清单中就有苏珊娜女士提及的仪仗俑。于是2021年年底，上海博物馆专门举办"仪象万千——明代彩色釉陶俑特展"，苏珊娜女士捐赠归还的两件陶俑，与馆藏这套时代、地域非常接近，由六十余件组合形成的仪仗俑一起亮相，展现了美国普通民众对中国人民的友好情谊，彰显了回归文物所蕴含的"艺术的真正价值"（苏珊娜来信），表达了各国人民携手保护人类文化遗产的共同心愿。这个事例也生动地说明了，厘清博物馆办展的"家底"，何其重要！

　　近一百多年来，中国的博物馆走过了一条很具个性特点的成长道路。在迎来事业高质量发展的今天，如何夯实那些仍显薄弱的基础，弥补行业内某些先天性的不足，尽可能"偿还"欠账，就不得不予以正视并拿出实招。此可谓天降之任耶，吾辈当自强。本出版计划力图全面、真实地记录上海博物馆历史上举办过的临时展览，在编年上和主要内容、特色以及基本要素（如地点、展期、与展览相关的重大事项）方面尽量整理交代清楚。涉及的展项覆盖"馆内特展""出境合作展""境内合作外展"三大系列。这项工作需要从档案资料的搜集、爬梳入手，同时也受制于所存基础材料、原始信息的多寡、有无，因此不仅工作量大，还颇具难度。经过前期研究讨论，决定分四卷出版："出境合作展""境内合作外展""馆内特展""捐赠展"。"捐赠展"是鉴于其重要性和特殊的意义，从"馆内特展"中专门抽取出来独立成卷的，但要避免重复，重点在于反映捐赠人的事迹和捐赠文物的价值，是依托举办捐赠展所建立的框架，延伸讲述博物馆与捐赠人之间的难忘故事。"境内合作外展"是指赴国内、市内的博物馆办展，有些是主办或联合主办，有些是参与。在新冠疫情爆发前，上海博物馆大约每年承担二十来项境内的外展。

今年3月这一波新冠疫情汹涌袭来，博物馆的正常工作遭受重大冲击。居家办公期间，上海博物馆全馆上下仍以各种方式努力维持工作的不断、不乱。最近又就这套特展纵览的编纂，召集相关部门举行线上会议，再辅以个别交流，讨论了疫情缓解后如何继续推进。分工上，"出境展""馆内特展""捐赠展"三个部分，分别由本馆文化交流办公室、展览部、保管部文物征集组牵头落实。"境内合作外展"由保管部负责整理。

透过上面苏珊娜女士的真实故事，让人还深切体悟到，博物馆办好一个展览会产生何等积极、巨大的传播效应。好的展览犹如播种机——播种知识、文化、素养，同时也播种友谊、理解、彼此尊重。把博物馆历史上一次又一次的"播种"系统记录在册，让自己及他人得以感知并沉浸于播种的事业，不亦说乎！回首以往的播种历程，从而增强对未来丰收的展望及信心，不亦乐乎！

金色年华，大美天下。

杨志刚

2022年6月上旬

目 录

金色华章：上海博物馆出境展览回顾与展望

徐立艺

　　根据目前可查证的档案，上海博物馆的馆藏文物在 20 世纪 60 年代就曾走出国门。80 年代以前，出境展览多为国家项目，由国家文物局牵头组织，比如上海博物馆曾参与的 1973 年在多国巡展的"中华人民共和国出土文物"大展，以及 1976 年为纪念中日邦交正常化在日本举办的"中华人民共和国古代青铜器展"。改革开放后从 1980 年开始，上海博物馆越来越主动地参与到出境展览的策划和组织中，真正开始全面接触国际博物馆界，逐步走向现代化与国际化。随着人民广场馆舍于 1996 年建成开放，上海博物馆的国际交流事业又跃上新的台阶，成为国内博物馆国际交往范围最广、国际合作开展最深入的博物馆之一。

　　建馆 70 年以来，上海博物馆在境外（含港澳台地区）举办或参与的展览至少已有近一百五十项[1]，到访过三十多个国家和地区、九十余座城市，其中有 145 项完成于改革开放后的 1980 年到 2022 年这四十二年间。值此上海博物馆建馆 70 周年之际，我们回顾历年来的出境展览，特别关注上海博物馆整体输出的文物出境展览，按地域分为亚太、欧洲、美洲及中国港澳台地区四个部分辑成此书，追忆、重温文物和展览背后的故事。

七十年来中华文化走出去之路

　　随着 1979 年中美建交，中美博物馆界开始了全面的接触。1980 年 4 月，由国家文物局主办的"伟大的中国青铜时代"大展在美国纽约大都会艺术博物馆对公众开放，上海博物馆为参展单位之一。时任上海博物馆陈列研究部主任的马承源先生被国家文物局任命为随展工作组组长。这或许是上海博物馆第一次深度参与出境展览的筹备和随展工作，而这次经历也成为上海博物馆了解、学习现代化博物馆组织运营的重要契机，对上海博物馆的未来发展产生了深远的影响。在此之后，中美博物馆层面的直接对话也越来越多。1983 年 5 月，在上海与旧金山缔结姐妹城市的推动下，"上海博物馆珍藏——六千年的中国艺术展"在旧金山亚洲艺术博物馆开幕（图 1）。这两项重要的展览开启了之后四十多年上海博物馆与美国各文博、艺术机构频繁的展览交流与人员往来。

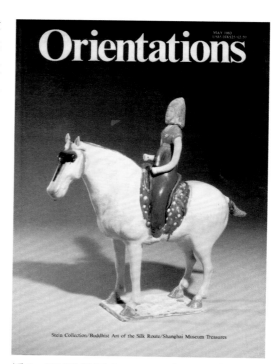

图 1 *ORIENTATIONS* 1983 年 5 月刊重点介绍"六千年的中国艺术展"，封面为上海博物馆藏唐彩绘彩色釉陶骑马女俑

　　一路往西，一路往东。1972 年中日恢复邦交、1973 年上海与横滨结为友好城市，到 1979 年中国与日本签署的《中日文化交流协定》带来了中日两国文化交流繁荣的年代。1980 年 9 月，在横滨产业贸易中心举办的"1980 年中国上海工艺品展览"上，"上海博物馆珍藏文物展"专场展出

的上博 111 件（组）文物，在日本引起轰动。1993 年 6 月至 11 月，上海博物馆在东京国立博物馆、爱知县美术馆及福冈市美术馆举办"上海博物馆名品展"，展品中有宋元书画、国之重器大克鼎，以及在上海博物馆本馆都极少展出的宋朱克柔缂丝《莲塘乳鸭图》，又在日本掀起观展热潮。至今，上海博物馆已在日本二十多座城市举办过三十余项展览，与日本各大文博机构来往密切结下深厚友谊，其中有不少单位和个人在 90 年代慷慨支持了上海博物馆人民广场馆舍的建设，东京国立博物馆、奈良国立博物馆、九州国立博物馆等还与上海博物馆建立了长期的人员交流机制。

"友城路线"是早些年上海博物馆出境展览的重要通道，联结着上海与友城民众的情谊。在 1983 年和 1984 年，意大利米兰与上海两市互访并签署了"友好交流项目备忘录"。1988 年 4 月，法国罗纳-阿尔卑斯大区代表团访沪，也与上海签署了友好备忘录。在友好往来的背景下，1988 年 6 月至 11 月，上海博物馆分别在意大利米兰皇宫展览馆、法国里昂高卢罗马博物馆举办"中国古代青铜器展"，这是上海博物馆文物展览首次进入欧洲。此后，上海博物馆与欧洲各地博物馆进行了广泛的文化交流，上海博物馆的文物到访过英国、爱尔兰、荷兰、瑞典、德国、挪威、西班牙、葡萄牙、芬兰、瑞士等众多欧洲国家。

1992 年 1 月 12 日上海博物馆组建新馆（人民广场馆舍）筹建处，从 1993 年 9 月 18 日建设工地打下第一根桩，到 1996 年人民广场馆舍建成开放，在这四年间上海博物馆的出境展览也没有停下脚步，平均每年参与或举办 4—5 项出境展览。随着上海博物馆的全新亮相，专业的展陈水准赢得了国内外同行的广泛赞誉，进一步扩大了上海博物馆的国际知名度。"新馆效应"持续释放带来了二十多年间上博事业的繁荣发展，出境展览的数量、策划的质量都有了显著的提升，仅在 2004 年一年就有九项出境展览，堪称好戏连台。除了整体输出展览，上海博物馆也经常参与海外重要博物馆策划举办的中国艺术大展，如 1992 年的"董其昌的世纪"大展、2014 年的"明：皇朝盛世 50 年"等，或以丰富的办展经验主动牵头国内其他机构共同参展，还能够为海外博物馆的常设展陈提供长期借展，始终坚定地支持国际博物馆同行对中国历史、文化和艺术的研究与呈现，也赢得了海内外同行的信任与支持。

展示数千年中华民族的勤劳智慧、中华文明的璀璨光辉、中华文化的生生不息，没有什么比一件件文物更有说服力了。在服务重要外交活动中，文物展览往往也能发挥重要的"文化外交"作用，为当地主流媒体所关注，从而营造良好氛围、创建交流平台。2004 年值国家领导人访问阿根廷之际，在国务院新闻办公室和中国驻阿根廷大使馆联合主办的"感知中国"阿根廷文化周期间，上海博物馆在布宜诺斯艾利斯装饰艺术博物馆举办"中国古代青铜器"展，这是上海博物馆的馆藏文物第一次进入南美。2007 年在俄罗斯"中国年"、圣彼得堡"上海周"活动框架下，上海博物馆在俄罗斯国立艾尔米塔什博物馆举办"上海博物馆珍藏展"。2009 年在"魅力上海 精彩世博"伦敦"上海周"上，上海博物馆在大英博物馆为当地观众奉献"上海博物馆藏青铜器、玉器展"。2010 年，为宣传上海世博会，上海博物馆首度牵头上海市历史博物馆、上海美术馆（中华艺术宫）、鲁迅纪念馆等上海文博机构，与旧金山亚洲艺术博物馆共同举办展示现当代上海视觉艺术成就的大展，展览名即为"上海"，成为旧金山"上海之年"活动中的重头大戏。博物馆的展览以其无可替代的学术性内容、专业化呈现，以文物为载体，以展陈为平台，充分展现"文化外交"的吸引力、亲和力和感染力。

上海博物馆也十分注重与港澳台地区的交流互动。最早在 1982 年在香港艺术馆举办了"上海博物馆珍藏中国青铜器展"。与澳门文博机构的交往则以澳门艺术博物馆为突出代表，从 2004 年至 2018 年上海博物馆与故宫博物院在该馆联合举办了多场书画艺术展，是颇为难得的成体系展览策划。在台湾地区，上海博物馆也积极与各文博机构开展频繁的交流交往，1995 年第一次在台湾地区举办文物展览，2009 年至 2011 年上海博物馆参与了四项在台北故宫博物院举办的展览，2019 年更是以二百八十余件文物在佛光山佛陀纪念馆举办展现上博佛教艺术收藏与上海地区佛教相关考古发现的大展"海上佛影：上海博物馆藏佛教艺术展"。

随着"一带一路"倡议的提出，上海博物馆又积极参与、服务"一带一路"文化领域建设：在 2018 年成立上海博物馆"一带一路研究发展中心"；2018 年组建考古队赴斯里兰卡，在当地与斯里兰卡中央文化基金及大学合作开展为期四十天的联合考古工作，首次走向海外参加联合考古；2019 年举办"一带一路"博物馆管理高级研修班，邀请了哈萨克斯坦、阿塞拜疆、斯里兰卡、印度尼西亚、埃及等"一带一路"沿线国家的 13 名文博中高级管理人员和专业学者参加，沟通丝路人心。近些年来，上海博物馆的文物也随着"一带一路"在俄罗斯、乌兹别克斯坦、匈牙利、阿联酋、意大利等多国展出，拓宽了"文化外交"的疆域，联结中华文化与丝路文明，与丝路文博界共同探索"一带一路"上彼此紧密相连的辉煌历程。

以上博特色塑上博品牌

回顾七十年历程，上海博物馆在出境展览的主题策划、合作模式上也不断摸索创新，坚持以学术研究为根本，重视展览选题和内容策划，同时辅以交流展览的合作形式，走出一条具有上博特色、形成上博品牌的出境展览之路。

学术研究是博物馆立馆之根本，专业性的内容是展览的重要基石。以青铜器展为例，上海博物馆独立举办的青铜主题出境展至少有十四项，这些青铜主题的展览策划各有不同，有的偏重中国古代青铜文明进程的梳理，有的侧重青铜器纹饰造型艺术，还有的为聚焦式的重要文物专题展。上海博物馆不仅拥有以大克鼎、牺尊、晋侯稣钟、子仲姜盘等众多珍品为代表性的系统青铜器收藏，还率先提出青铜器发展五分期，即萌生期、育成期、鼎盛期、转变期和更新期，至今上博的中国古代青铜馆仍是海内外唯一的中国古代青铜器通史常设陈列。此外，上海博物馆历年来举办过多场青铜器相关的重要展览和国际学术研讨会，始终关注最新考古发现、参与学术前沿讨论，因此，以馆藏青铜器为专题的出境展览策划总是能不断出新。另一方面，馆内以本馆馆藏为主、展现上博专业研究水准的特别展览也是出境展览的灵感之源，比如 2008 年上海博物馆举办"世貌风情：中国古代人物画精品展"，在一定程度上也启发了 2010 年在爱尔兰举办的"描绘中国展"的内容组织和展品挑选。2022 年在疫情期间，上海博物馆顺利完成了赴列支敦士登国家博物馆的"取材幽篁里：中国竹刻艺术展"，这项展览也是得益于在本馆举办的两项特展——"竹素流芳：周颢艺术特展"（2016 年）和"金石匊笃：金西厓竹刻艺术特展"（2019 年）——背后数载的潜心研究成果，因此能够很快就拿出了令外方称赞的展览方案。

与此同时，上海博物馆很早便尝试策划强调主题性、故事性的跨门类专题展览，形成"品牌"系列展览，积极对外推广。早在 1987 年，上海博物馆就在美国多地成功举办了"文人的书斋——晚明文人生活"展，这是上海博物馆第一次以"文人"为专题在海外举办特展（图 2）。"文人"主题系列展是上海博物馆推出的展现传统中国文人艺术创作与艺术鉴赏的展览专题，展品包括碑帖古籍、诗书画印、竹木牙雕、文房四宝、生活用具、家具陈设等各个门类馆藏精品，在展陈中结合厅堂、书斋的场景复原，营造典雅的江南气质。三十多年来，上海博物馆已向多地推出该主题展：1989 年在日本名古屋举办"中国文房四宝"展；2002 年在日本巡回展出"中国的文人世界展"；2004 年策划"中国文人精神展"在瑞士日内瓦揭幕；2018 年上海博物馆又以明代文人生活、审美与艺术为主线，将"上海博物馆藏明代艺术珍品展"带到了莫斯科克里姆林宫博物馆。除了文人主题系列，上海

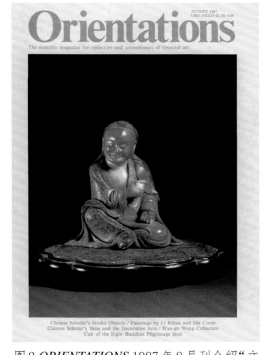

图 2 *ORIENTATIONS* 1987 年 8 月刊介绍"文人的书斋"特展

博物馆还推出了以龙形象为展览核心的"中国龙""帝王之龙"，曾在新西兰达尼丁市奥塔哥博物馆、哥伦比亚波哥大黄金博物馆举办。2018 年 3 月，"中国芳香：古代中国的香文化"展在法国巴黎赛努奇博物馆揭幕，这是上海博物馆首次以中国"香文化"为主题举办展览。此外，上海博物馆还与合作方共同策划文明对比展，为展览带来更为宏大的历史观、文明观，展现人类文明的互通互联互鉴。例如，2017 年 7 月上海博物馆与徐州博物馆联合德国柏林国家博物馆，共同举办了"中国和埃及：世界的摇篮"展，是上博首次在出境展览中以古代文明对比作为展览选题。2019 年，上海博物馆又与匈牙利中央银行合作举办"钱币的旅程"展，从一枚枚小小的钱币窥见丝路两端两国历史发展进程。

随着与海外博物馆交流的不断深入，上海博物馆以互办交流展的形式与海外文博机构建立起更为紧密的合作机制。2007 年上海博物馆在俄罗斯埃米塔什博物馆举办的"上海博物馆珍藏展"，与 2010 年"北方之星：叶卡捷琳娜二世与俄罗斯帝国的黄金时代"特展为交流项目。前文提到的 2008 年赴新西兰奥塔哥博物馆举办的"帝王之龙"展与 2011 年该馆在上博举办的"毛利人的世界：新西兰奥塔哥博物馆珍藏展"也是交流项目。2006 年上海博物馆和东京国立博物馆举办"中日书法名品展"，2010 年上海博物馆又举办"千年丹青：日本中国藏宋元绘画珍品展"，更是不可多得的重要书画交流展览。2018 年在莫斯科克里姆林宫博物馆举办的"上海博物馆藏明代艺术珍品展"也是得益于这样的交流机制。在 2012 年和 2015 年，克里姆林宫博物馆在上海博物馆分别举办了"宝光璀璨：法贝热珠宝艺术展"和"盛世威仪：俄罗斯皇家军械珍藏展"，作为交流承诺，上海博物馆在 2018 年赴俄罗斯办展，成为在俄难得一见的中国古代艺术特展。2015 年，上海博物馆与希腊雅典卫城博物馆签署友好交流备忘录，于是在 2017 年 10 月，作为"中希文化交流年"框架内的重要活动，上海博物馆携子仲姜盘和《清

江行旅图》两件珍品亮相希腊雅典卫城博物馆，举办为期半年的展览"来自上海博物馆的珍宝"（图3）。这是上海博物馆首次与希腊博物馆合作。四个月后的2018年1月，雅典卫城博物馆以"典雅与狂欢"特展回访上博。上海博物馆一直重视与海外同行建立一种更对等、开放、友好的互动交流模式，互办展览便是来源于对开展多层次文化交流的积极探索，从而更充分地挖掘博物馆的合作潜力与优势资源。

图3 上海博物馆专家在"来自上海博物馆的珍宝"展现场为雅典观众展示书法写作（图片来源：希腊雅典卫城博物馆）

突破疫情阻隔，彰显上博担当

2020年新冠肺炎疫情的全球爆发给全世界博物馆的运营、展览和交流都带来了前所未有的挑战。在2020年疫情发生之初，上海博物馆"海上佛影"展正在中国台湾高雄佛光山佛陀纪念馆展出，涉及青铜、雕塑、绘画、工艺等二百八十多件各门类文物。同时，上海博物馆八件珍贵仇英画作在美国洛杉矶郡立艺术博物馆的"何处寻真相"特展上展出，2020年3月，该展览仅展出一个月后，因当地疫情严重，博物馆不得不闭馆。文物安全始终是博物馆的生命线，但在各种突发、复杂和不确定的情况下，文物在境外的安全如何保障、撤展如何操作、返程运输是否足够稳妥，是那么多年来出境展览工作中从未遭遇过的难题，也考验了各方的应变力与合作协同。幸运的是，凭借着充分的互信和可靠的专业能力，上海博物馆与合作方通力协作，最终疫情前出境的文物全部顺利撤下、安全归库。

在经过2020年的调整、适应后，文物出境展览在2021年重装出发。在与韩国国立中央博物馆签署的"文化交流友好协议"背景下，上海博物馆与韩国国立中央博物馆首先以出借二件

图4 "中国古代青铜文明展"在韩国国立中央博物馆展出，图为场馆外宣传海报（图片来源：韩国国立中央博物馆）

馆藏文物的形式互办生肖展，这也是上博首个在疫情期间策划的出境文物展，以小型展览尝试突破疫情的"封锁"。以此为基础，2021年9月上海博物馆又在该馆举办"中国古代青铜文明"展。为保障文物在没有押运员随展的情况下的绝对安全，两馆做了充分的准备。虽然也历经展览推迟、展品调整以应对疫情期间的各种风险，两馆工作人员凭着不轻言放弃的执着和主动担当的勇气，在疫情发展趋缓的一个极小的窗口期，顺利完成了展览的开幕。在2022年5月18日国际博物馆日中国主会场上，上海博物馆以赴韩国"中国古代青铜文明"展参评并荣获2021年度全国十大陈列展品精品（国际及港澳台合作奖），这是上博首次以出境展览申报"十大"。正如杨志刚馆长在线上汇报时所说，这项展览体现了两馆"同舟共济、守望相助"的坚定信念，在疫情中显得尤为可贵。

这次青铜展为疫情中出境展览的筹备积累了丰富的经验，在2021年和2022年，疫情并没有阻隔上博出境办展的脚步，除了前文提到的2022年在列支敦士登举办的竹刻艺术展，2021年上海博物馆还参加了卢浮宫阿布扎比博物馆首个与中国、与丝绸之路相关的主题展"龙与凤"展览、韩国国立中央博物馆举办的"漆器之美——再看亚洲的漆工艺"。在现阶段，人与人之间、人群之间、社会之间的联结、交流、接触更加难得。虽然在疫情中策划展览对博物馆的组织能力、协调能力、应变能力和对风险的预判提出了更高的要求，但是博物馆在此时更应该利用自身资源，进一步释放、发挥艺术与文化的吸引力和治愈力，不负初心、不辱使命，调度"博物馆的力量"为整个社会的健康发展赋能，增加社会凝聚力和向心力。

出境展览的策划与实施反映了一家博物馆的馆藏实力、学术研究水平、策划组织能力和国际化程度，70年以来上海博物馆也在不断探索如何向海外观众讲述精彩中国故事。在展览交流中带动人员交流、学术交流，在常来常往中与海外博物馆建立起深入长久的相互了解与信任，又进一步为上海博物馆的业务工作拓宽国际视野，相辅相成，形成良性循环。近些年来，有越来越多的中国博物馆参与到出境展览的策划组织中，这是中国博物馆事业繁荣发展的重要体现，也更值得我们思考，未来博物馆要进一步加强叙事能力和策划能力，博物馆的国际化要走向纵深进入新的时代。从横向上来说，不仅博物馆之间应该整合资源、调动优势，发挥博物馆群的"聚合效应""规模效应"，还应该积极争取社会力量的支持，进一步"扬帆出海"，让中华故事的阐释与传播兼具广度与深度；在纵向上，不仅能够主导展览策划，更要能够设计组织多维度、多角度、多层次并且国际化的教育活动、宣传方案、文创产品、多媒体体验和品牌营销策略等"一揽子"方案，更全面、立体地为海外观众传播中华文化的深邃优美，传递中国人民的深情厚谊，为世界呈现中华文明对人类社会的发展做出重要贡献。

在准备此书时，我们调阅了大量的档案资料，当翻看早期上博前辈们留下的一份份手写报告、设计图纸，细心收集保存的剪报时，"敬业、创新、一流、合作、务实"的上博精神从纸面传递而来，让我们对曾经参与展览策划组织、护送文物出入境、亲手布置一件件文物的前辈同仁们充满钦佩。因此也不难理解，为何上博的文物展览总是能那么震撼人心、直抵人心。1983年上海博物馆在旧金山举办"六千年"艺术展时，看到祖国那么多精美的文物，展览那么受美国民众追捧，多少海外同胞感到扬眉吐气、感慨万千，展览直接促成了在美爱国华侨周锐先生向上海博物馆捐赠珍贵文物[2]。当时在展览现场的还有一位叫苏珊娜·芙拉图斯（Suzanne

Fratus）的观众，在展览闭幕近四十年后的 2021 年，她将祖父珍藏多年的两件明代陶俑捐赠给上海博物馆，就是因为 1983 年上博大展上那套气势恢宏的仪仗俑给她留下了难以磨灭的印象。2022 年 5 月，美国金贝尔艺术博物馆庆祝建馆 50 周年，在社交网站上发帖征集故事，刊出一张 1980 年观众排队入场参观"伟大的中国青铜时代"的老照片（图 5），众多网友留言称这个展览成为了他们儿时美好的记忆，对艺术的热爱由此萌发。一项展览不仅将不同时空的文物集合起来、将不同

图 5 在美国金贝尔博物馆，观众排队入场参观"伟大的中国青铜时代"展览，2022 年 5 月分享在该馆的社交网站上（图片来源：美国金贝尔博物馆）

博物馆的工作人员汇集起来为实现一个共同的目标而努力，有时候展览还超越了展览故事本身，联结曾经与当下、联结未知与已知、联结世界与人心。回顾七十载，所有这一百五十余项文物展览都已经闭幕多时，然而或许展览远未结束，文物带给人们的美好与震撼绘成一部部华美乐章一直回响、激荡在观众的心中。

注：

1. 一次出境的巡展按一项展览计；不包括文创产品展和图片展，比如 2021 年上海博物馆作为特别协力方，原计划向大阪市立美术馆出借 34 件组书画作品参与该馆举办的"扬州八怪"特展，因当地疫情严重，文物未出境，提供了展品图片用于图录的出版和现场呈现，不计入出境展览。详见后附表。

2. 上海博物馆原副馆长李俊杰曾撰文《海外收藏家周锐》详细介绍周锐及捐赠前后故事，发表于《上海文博论丛》2005 年第 2 期。

亚太地区

01　中华人民共和国古代青铜器展

展览图录封面

西周早期　鄂叔簋

日本东京国立博物馆（1976 年 3 月 30 日至 5 月 23 日）
日本京都国立博物馆（1976 年 6 月 15 日至 8 月 8 日）

　　1975 年 7 月，日本经济新闻社社长圆城寺次郎和日本文化交流协会事务局局长白土吾夫等一行应邀访问我国，先后参观了上海、南京、郑州和北京等地的博物馆，其间提到希望能够加强中日两国人民之间的文化交流和友谊。之后，经中日双方协商，由国家文物事业管理局组织协调故宫博物院、上海博物馆、南京博物院、辽宁省博物馆等单位收藏的 130 件文物赴日本。1976 年，由日中文化交流协会、日本经济新闻社、东京国立博物馆和京都国立博物馆等共同主办的"中华人民共和国古代青铜器展"在东京、京都开幕。这是新中国成立以来为数不多的出境展览。虽是合并办展，但上博参展的展品质量高，时代跨度大，共展出 46 件青铜器，共包含了商器 16 件，西周器 14 件，春秋器 9 件，战国器 5 件，西汉器 1 件，隋器 1 件。其中一级文物 18 件，二级文物 24 件，三级文物 4 件。展览在当地引起了不小的轰动，在增进了两国间友谊的同时，也打开了中国和日本文化交流的大门。

02 上海博物馆珍藏文物展
（1980 年中国工艺品展览会）

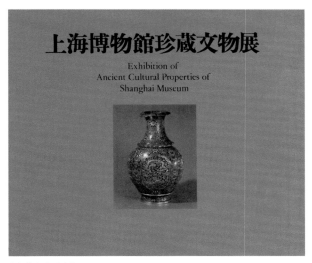

展览图录封面

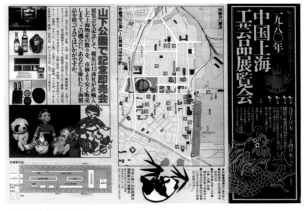

展览导览册页

日本横滨产业贸易中心（1980 年 9 月 11 日至 24 日）

　　1978 年 11 月，乘着改革开放的春风，国务院批准上海与横滨互办展览。横滨工业展览会先于 1979 年 10 月在上海举行，随后上海工艺品展览会于 1980 年 9 月在横滨举行。日方对上海工艺品展览会十分重视，在筹展过程中，曾多次向我方表示，日本人民非常喜爱中国古代工艺文物，希望不仅能在展览会上看到中国现代的工艺品，还能看到中国古代文物。为了满足日本人民欣赏中国古代文化艺术的愿望，展示上海优秀传统工艺美术，增进两国人民的友谊并促进展览会的圆满成功，经国务院和上海市人民政府的批准，上海博物馆参加了于 1980 年 9 月 11 日至 24 日在横滨市举办的"1980 年中国上海工艺品展览"中所设的"上海博物馆珍藏文物展"，展品共计 183 件，主要有汉代至近代的文房四宝，清代瓷器仿木、牙、漆、铜等工艺品，战国至唐代铜镜，元至清代雕漆、描金等，明、清代嵌珐琅器、紫砂执壶等。时代最早的是新石器时代的玉璜，大部分为三级品，少量二级品。通过此次综合性文物展的举办，对促进两国文化交流、增进相互了解和加深友谊方面都起到了积极作用。上海博物馆自身也扩大了在海外的影响力，同时增强了文物工作者之间的友谊。

　　此次展览是上海博物馆首个赴日本的综合性展览，因此深受日本各界人士的重视和欢迎。时任上海市副市长的王一平出席了展览开幕式，并与横滨市市长细乡道一受邀在《神奈川县新闻》报上分别介绍了"上海博物馆珍藏文物展"的相关情况。该报还简述了上海博物馆的发展历史和收藏情况，同时图文并茂地介绍了展览中的玉璜、玉琮、景德镇窑仿古铜色蕉叶花瓤等展品。日本著名文物专家长谷部乐尔、三上次男及其他学术界人士为文物展撰写了专题介绍文章三十余篇，电视台也放映了文物展的参观场面。展出期间，横滨市市长、神奈川县知事、工商会议所等官员，还有东京国立博物馆、神奈川县博物馆、横滨市教育委员会文化财审议会的专家、教授，以及日中友协、妇女协会、华侨总会等民间团体都前来观摩展览。此外，除了横滨市市民，展览还吸引了来自东京、千叶、镰仓，甚至远至广岛、北海道等各地的日本观众，参观人数最多的一天达6000人次，展览期间总计接待了53495人次。

展览海报

展览参观券

日本媒体报道

展厅手绘图

展览明信片（宋 吉州窑玳瑁纹天目茶碗）

03 中国五千年之美
——上海博物馆藏陶瓷珍品展

大阪市立东洋陶瓷美术馆外景

展览亲子活动预告

日本东京西武美术馆（1984 年 7 月 10 日至 9 月 5 日）

日本大阪市立东洋陶瓷美术馆（1984 年 9 月 19 日至
10 月 20 日）

日本爱知县陶瓷资料馆（1984 年 11 月 3 日至 12 月
19 日）

日本北九州市户畑区市立美术馆（1985 年 1 月 5 日至
2 月 17 日）

　　为了纪念中日邦交正常化 10 周年，应日中友好协会
邀请，上海博物馆赴日本多地举办了"中国五千年之美——
上海博物馆藏陶瓷珍品展"，展品共计 98 件，选取了新石
器时代、战国及汉代藏品 4 件；其余均为六朝、隋、唐、宋、
元、明、清等各时代中最具代表性的作品，系统展现了中
国陶瓷器的发展历程。此次展览是上海博物馆首个赴海外
的完整讲述中国陶瓷发展过程的展览，其中还包括了多件
未公开展示过的珍品，如黑陶刻花有盖壶、北宋汝窑青瓷盘、
青花牡丹唐草纹瓶、三彩女子倚座俑、绿釉犬等，让日本
观众领略到了中国五千年的艺术之美及高超的匠心工艺。

　　为配合此展览，东京西武美术馆还举办了两场亲子陶
瓷制作活动以及十场中国古代陶瓷器讲座，吸引观众共计
158429 人次。

　　《朝日新闻》多次用大幅版面介绍此展中的几件珍品
及中国陶瓷器的发展历程。

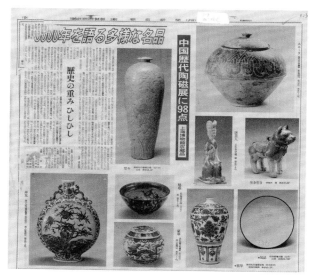

《朝日新闻》1984年9月8日版

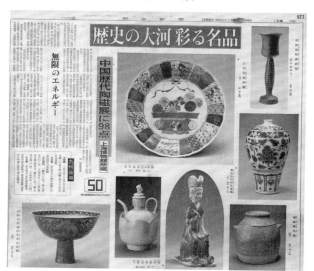

《朝日新闻》1985年1月4日版

《朝日新闻》1985年1月30日版

展览参观券

展览开幕式剪彩

观众观展场景

展厅场景

24

04 中国明清书法名品展

展览现场

日本大阪市立美术馆（1986 年 3 月 25 日至 4 月 13 日）

　　为了纪念大阪府与上海市建立友好城市 5 周年，同时为了庆祝日本书艺院创立 40 周年，应大阪市立美术馆和日本书艺院邀请，上海博物馆赴该馆举办了"中国明清书法名品展——上海博物馆所藏"。展品共计 100 件，包括明初宋克的《草书唐宋人诗卷》、解缙的《草书卷》、陈献章的《行书自诗卷》，以及沈周、祝允明、唐寅、文徵明、徐渭、周天球、董其昌、龚贤、邓石如、康有为等明清时期 81 位名家的书法作品。

　　此次展览的展品数量之多、书法体系之完整，在中国博物馆界的出境展览中尚属首次。展览在大阪引起了热烈反响，《读卖新闻》邀请日本书画学者就此展发表长篇文稿，并多次对该展览进行报道。

　　书法是中日两国共通的文化点之一，而此次展览中呈现的均为高质量的展品，因此展览得到了日本书法界和观众的一致好评，共吸引观众达 22799 人次。通过此次展览，上博加深了同日本书法界、文物界和出版界的关系，双方在展览、出版、学术交流诸方面达成了初步的合作意向，拓宽了上博在日本方面的关系。

05　上海博物馆藏青花瓷器展

展览图录封面

宫崎县综合博物馆开幕时当地媒体的报道

日本东京松屋银座（1988 年 3 月 11 日至 3 月 23 日）

日本大阪三越百货（1988 年 3 月 29 日至 4 月 3 日）

日本小仓井筒屋（1988 年 4 月 14 日至 4 月 19 日）

日本长崎县立美术博物馆（1988 年 4 月 22 日至 5 月 15 日）

日本宫崎县综合博物馆（1988 年 5 月 20 日至 6 月 19 日）

　　为了纪念中日和平友好条约签订 10 周年，也为了庆祝 1988 年上海与长崎之间开始通航，应日本朝日新闻社邀请，由上海博物馆、朝日新闻社、长崎县立美术博物馆和宫崎县综合博物馆共同主办的"上海博物馆藏青花瓷器展"分赴日本东京松屋银座、大阪三越百货、小仓井筒屋、长崎县立美术博物馆和宫崎县综合博物馆五地展出。本次展览共展出元、明、清时期具有代表性的青花瓷器 90 件，其中 89 件烧制于景德镇，一件烧制于云南玉溪窑，绝大多数为御用器。所有展品均为首次在日本展出。展览完整地体现了中国青花瓷艺的发展过程。日本观众对于能够从细微的青花纹饰上了解到中国青瓷的发展变化感到非常欣喜，也对上博能够提供如此精美的藏品赴日展出表示感谢。随展组成员上海博物馆文化交流办公室主任丁义忠同志每周三次在宫崎县综合博物馆内开设"青花瓷器鉴赏教室"，向感兴趣的观众和日本同仁讲述中国青花瓷器的发展背景和意义。宫崎县综合博物馆黑木淳吉馆长赞赏道："丁主任的讲座，让每一个听众都能获益匪浅。"

　　青花瓷艺术是联结中日两国人民文化的彩带。在日本的制瓷艺术历史上，青花瓷无疑也有重要的地位。此次的青花瓷展可看做是两国历史上瓷艺交流的延续。

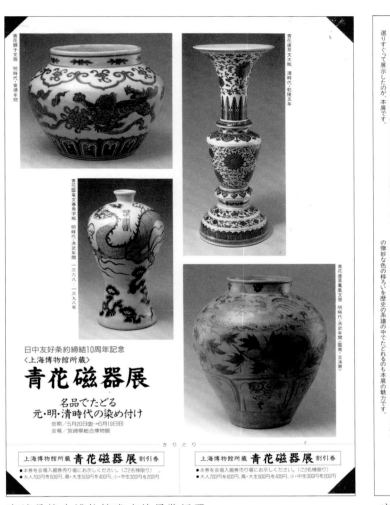

宫崎县综合博物馆发布的展览门票

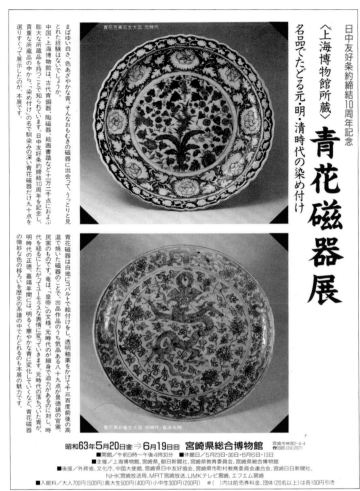

宫崎县综合博物馆发布的展览海报

明　青花蕉叶瓜果纹菱口盘

06 上海博物馆"文房四宝"展

上海博物館「文房四宝」展

汎亜細亜文化交流センター

展览图录封面

日本名古屋名铁百货名铁美术画廊（1989 年 2 月 25 日至 3 月 1 日）

日本东京神田书道院（1989 年 4 月 1 日至 4 月 6 日）

　　应日本泛亚细亚文化交流中心邀请，上海博物馆于 1989 年 2 月 25 日—3 月 1 日在名古屋名铁百货大楼名铁美术画廊举办"文房四宝"展，展出明、清、近现代的笔、砚、笔洗等文房用具共计 36 件，其中包括明宣德黑地彩绘嵌金银漆管笔、清象牙雕山水人物管笔，明代程君房、叶玄卿、清代康熙曹素功等名家制墨，还有高凤翰铭端砚、陈端友刻竹节形端砚，以及水洗、画盒、臂搁、墨床等艺术品。在为期近一周的展览中，吸引观众近 1000 人。4 月 1 日至 6 日展览移至东京神田书道院展出，参观人数 300 余人。除了一般观众外，当地著名的书法家、画家也专程赶来欣赏上海博物馆珍藏的文物，他们感谢上博远道带来这些精美的展品，尤其对明代程君房制百子图墨、陈端友刻砚尤为喜爱和钦佩。明清时期嘉定竹刻的文房用具在日本较为少见，所以也引起了日本观众的浓厚兴趣，随展组成员也对观众进行了宣传介绍，加深了日本人民对中国古代文房用具的认识和了解。

明　程君房百子图墨

展厅场景

07　上海博物馆珍藏文物展览

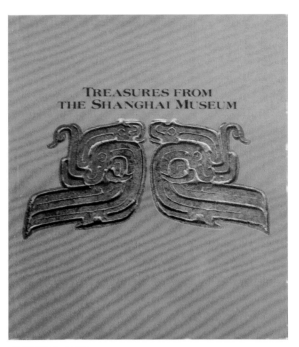

展览图录封面

昆士兰美术馆宣传页

澳大利亚昆士兰布里斯班昆士兰美术馆（1990 年 9 月
14 日至 11 月 25 日）

澳大利亚悉尼新南威尔士美术馆（1990 年 12 月 12 日
至 1991 年 2 月 17 日）

　　1989 年 5 月 24 日，上海市市长朱镕基和澳大利亚昆
士兰州总理 M. J. 阿赫恩正式签署了《上海和昆士兰州缔结
友好市、州协议书》和《上海－昆士兰州 1989—1990 年友
好交流项目备忘录》，其中一项即为推动昆士兰美术馆与
上海博物馆的合作。经双方多次协商和精心筹备，"上海
博物馆珍藏文物展览"于 1990 年 9 月 14 日在昆士兰美术
馆正式拉开序幕。

　　展览精心挑选了 80 件夏商周时代和汉唐时代的代表
性文物，品类涵盖青铜器、玉器、陶瓷和甲骨等。此次展
览的目的，是向广大澳大利亚人民提供对中国古代辉煌文
化的直观印象。

　　展览分为两部分，第一部分为来自夏商周时代的青铜
器、玉器和一件甲骨，借助祭祀和墓葬文化、宗教和文化
生活展示了夏商周时期高度发达的文明，其中以酒器、食器、
礼仪性武器等为代表的青铜器及其繁复多样的花纹装饰见
证了当时中国无与伦比的青铜铸造技艺；第二部分囊括自
汉至唐的玉器、铜佛像、铜镜和陶器，大部分器物为贵族
的陪葬品，表现了中国古代"事死如事生"的墓葬习俗；
其中彩色釉陶马和骆驼令人回想起将古代中国与西方世界
联系起来的传奇的贸易之路——丝绸之路，以及中国盛唐
时期的国际风貌。

　　本次展览是上海博物馆组织的第一次赴澳展览。自
1989 年 10 月起，昆士兰州已陆续在报纸、电台上发表有
关展览的消息、文章。昆士兰美术馆还联合来自格瑞费兹
大学和澳大利亚国立大学的教授共同编写了有关展览内容
的材料，由教育部分发到各个学校，同时附上教育部部长

昆士兰美术馆宣传广告 　　　　1989 年 10 月 1 日《黄金海岸》新闻报道

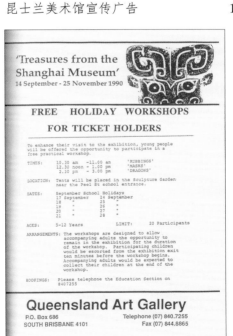

拓印工坊宣传资料 　　　　　1990 年 8 月 4 日《邮报》报道

的信件，邀请学生们前来参观。展览期间，昆士兰美术馆组织了一系列中国文化活动，例如围绕拓印，青铜纹饰、礼器制作，以甲骨文、金文和碑文为代表的中国书法艺术系列手工坊活动，还有中国民乐演奏会、中国城太极拳协会现场演出等。昆士兰美术馆还为馆内的一百多名志愿者举办了四次介绍中国历史知识和本次展览的讲座，上博的随展专家也为志愿者们

解答了很多问题，并专门做了一场题为"中国青铜器艺术"的讲座，给他们留下了深刻的印象，并结下珍贵的友谊。

　　昆士兰美术馆为展览准备的大厅空间宽敞，且颇有中国式寺院风格，展厅的门口精心布置成中国庭院形式。9 月 14 日展览开幕时，展览会广场升起了五星红旗，这在昆士兰州美术馆的历史上还是第一次。上

午举行的记者招待会上，五十名来自太阳报、信使邮报、澳大利亚人报、ABC 电台、星期天太阳报、黄金海湾新闻简报、澳大利亚金融周刊的记者、艺术评论家出席，并进行了采访和摄影。下午的开幕式由昆士兰美术馆馆长达格·霍尔主持，昆士兰州总理温·高斯宣布开幕，到场的还有昆士兰美术馆理事会主席理查德·奥斯汀、正率上海市代表团访问昆士兰州的上海市副市长庄晓天、澳大利亚前总理高夫·惠特拉姆、澳大利亚前驻华大使邓安佑、澳大利亚著名中国历史学家费兹杰尔德、悉尼新南威尔士美术馆馆长埃德蒙·卡蓬、中国驻澳使馆文化参赞楼小燕以及上海博物馆代表团马承源馆长等嘉宾 750 余人。为配合此次展览，昆士兰美术馆于 14 日举办了一次高级学术报告会，包括高夫·惠特拉姆和马承源在内的五位学者宣读了论文。

本次展览参观人数逾四万人次，其中大部分是学生。展览受到澳大利亚媒体和民间的广泛关注，也成为当地阳光海岸（warana）艺术节的一大盛事。展览期间，信使邮报每天登载有关展览的消息，其他各地报纸、杂志、刊物也对本展进行了大量报道，数量超百篇，SBS、ABC 电视台进行了专题报道，10 频道作为展览的赞助方还进行了展览会实况直播。

1990 年 12 月 30 日，"上海博物馆珍藏文物展览"离开昆士兰布里斯班，到达悉尼新南威尔士美术馆。这是自 1984 年秦始皇陵兵马俑展出之后，悉尼第二次迎来大规模的中国文物展览。12 月 11 日上午，新南威尔士美术馆举行记者招待会，来自悉尼晨报、今日新闻、妇女周刊等十一家媒体的 60 名记者到场参加。下午举行开幕式，新南威尔士美术馆董事会主席洛尔、馆长埃德蒙·卡蓬，新南威尔士州州长夫人葛瑞娜发言，参与嘉宾 400 余人，包括昆士兰美术馆馆长霍尔、澳洲博物馆馆长戴斯·格里芬、我国驻悉尼文化副领事魏宏胜以及其他来自文化界、商界的重要嘉宾，当地市政府艺术部、市文化研究部也派员参加。12 月 12 日，展览正式开放。

本次展览出版的图录 *Treasures from the Shanghai Museum*，由时任上海市市长朱镕基作引言，并且收录了由马承源、陈佩芬、朱淑仪和范冬青分别撰写的专题文章。

春秋中期　兽面纹龙流盉

春秋早期　龙耳尊

08 上海博物馆藏中国明清书画名品展

展览图录封面

明　唐寅　《渡头帘影图》轴

日本松坂屋大阪店（1991 年 5 月 16 日至 5 月 21 日）
日本松坂屋上野店（1991 年 5 月 30 日至 6 月 4 日）

　　为了庆祝日本书艺院建院 45 周年，应日本书艺院邀请，上海博物馆借展 99 件作品赴日举办"上海博物馆藏中国明清书画名品展"。这是日本书艺院第三次邀请我馆赴日举办书画作品展，第一次是 1986 年的"中国明清书法名品展——上海博物馆所藏"，第二次是 1989 年的"上海博物馆所藏书迹名品"。上博的前两次赴日展览均大获成功。此次展览，由上博和日本书艺院的专家共同商定展品清单，用一位作者一书一画的形式，将中国古代书画艺术展现给日本书道界，包括姚绶、沈周、文徵明、唐寅、陈淳、周天球、徐渭等 53 位明清时期书画名家。展览还受到了日本书道界代表青山杉雨先生、村上三岛先生以及日本书艺院古谷苍韵理事长等的关心和帮助。展览的成功举办加深了上博与日本书艺院的友谊，让日本观众对中国明清时期的书画作品有了更深入的了解。

09 澳大利亚国家美术馆长期借出陈列

西周晚期　四虎钟

唐　菩萨石像

澳大利亚国家美术馆亚洲艺术陈列馆
1991 年 3 月 27 日至 1993 年 1 月 27 日
1994 年 9 月 27 日至 1995 年 8 月 16 日
1995 年 8 月 19 日至 1996 年 8 月 10 日
1996 年 8 月 12 日至 1997 年 8 月 19 日

　　澳大利亚国家美术馆是澳大利亚著名的艺术博物馆，该馆于 1991 年新辟亚洲艺术陈列馆，并以时任澳大利亚总理约翰·霍华德命名。为丰富馆陈，澳大利亚国家美术馆特向中国提出借展几件代表中国古代文明的文物，在亚洲艺术陈列馆开馆时正式展出。当时正赴澳展出的"上海博物馆珍藏文物展览"引起了澳大利亚国家美术馆的极大兴趣。在澳大利亚前总理、时任澳中理事会主席惠特拉姆先生的推动下，经上级部门批准，上海博物馆与澳大利亚国家美术馆签订展览协议，于 1991 年 3 月提供五件中国古代青铜器送赴澳大利亚展出，包括四虎钟、鸟兽龙纹壶、兽面纹罍、龚子瓬、兽面龙纹流盉，其中包含一件一级文物，展期两年。该馆的亚洲艺术陈列馆于 1991 年 3 月 27 日开幕，澳大利亚总理约翰·霍华德出席了开幕式。

　　五件青铜器展出结束后，上海博物馆再度应澳大利亚国家美术馆的邀请，从 1994 年 9 月起连续三年出借中国古代石刻造像，继续支持该馆亚洲陈列馆的展出，包括一件唐代菩萨石像、一件唐代天王石像和一件隋代观世音菩萨石像。这三件石像每件展期一年，在亚洲陈列馆的展厅接力传递中国古代石刻艺术的魅力，促进了当地及世界观众对我国古代优秀文化遗产的了解和认识。

10　上海博物馆名品展

展览图录封面

日本皇太子夫妇
参观上海博物馆展

据新华社东京8月16日电
日本皇太子德仁和皇太子妃雅
子今日颇有兴致地参观了正在
东京国立博物馆举行的"上海
博物馆展"。

上海博物馆与北京故宫博
物院和南京博物院并称为中国
三大博物馆。此次赴日展出的
一百多件文物精品中，包括该
馆初次在海外亮相的宋、元书

画珍迹等。

德仁皇太子在馆内参观了
一个多小时，详细询问，并不时
地赞美：了不起。他尤其对西
周时代的大克鼎表示赞赏。陪
同其参观的中国驻日大使徐敦
信介绍说，这也是初次到海外
展出的一件珍贵文物。

上海博物馆展已在此间举
行了一个多月，颇受欢迎。

《解放日报》1993年8月17日报道

日本东京国立博物馆（1993年6月29日至8月22日）
日本爱知县美术馆（1993年9月1日至9月26日）
日本福冈市美术馆（1993年10月2日至11月7日）

　　为纪念《中日和平友好条约》签订15周年，应日本中日新闻社邀请，上海博物馆甄选126件（组）藏品赴日本展出。百余件藏品涵盖了青铜器、陶瓷、绘画、工艺品等门类，尤其有首次在海外展出的宋元书画、大克鼎、梁大同元年石佛像、宋朱克柔缂丝《莲塘乳鸭图》和元丝绣《妙法莲华经》长卷等巨制，其中宋元时期书画为中华人民共和国成立以来第一次在国外展出。

　　此次赴日展是当时综合性最高的名品展，展出的文物在质量和数量上都超越了以往历次的出国展览，因此引起了日本文物界、文化界的高度重视。这次展览成为了《中日友好和平条约》签订15周年最好的纪念活动之一，有力地促进了两国的友好关系。这也是上海博物馆与东京国立博物馆的首次合作，拉开了两馆友好交流的序幕。展览让更多日本同仁看到了上海博物馆的馆藏实力和学术水平。

　　有些观众表示，自己曾到上博参观过，但来去匆忙，对能在日本有充足时间参观"上海博物馆名品展"感到莫大的高兴。有些观众对能够目睹从未展出过的宋元作品表示出很大的热情，并且向上博的慷慨出展表示感谢。

　　东京的开幕式当天，日本前首相海部俊树、原文部大臣濑户山三男、文化厅长官内田弘保、中国驻日本大使馆文化参赞、中国文物局副局长马自树等来自各界的1000余人参加了开幕式。东博展览的近两月期间，共吸引观众116424人次。当时的日本皇太子德仁和王妃雅子夫妇（现为日本天皇和王后）、中国驻日大使、日本文化厅长官等先后参观了展览。日本东京新闻社在《东京新闻》连载介绍了上海博物馆及上海博物馆文物征集情况的文章。日本《周刊朝日》《月刊美术》《历史读本》《月刊书报情报志》《每

《中日新闻》1993年8月16日报道

《中日新闻》1993年8月21日报道

日新闻》等近四十种杂志报纸纷纷报道了此次展览。NHK 电视台在黄金时间的《星期日美术馆》节目中直播了此次展览，由时任东京国立博物馆东洋课课长西冈康弘解说。同时，NHK 广播电台还特邀上海博物馆丁义忠同志和西冈康弘先生介绍此次展览。展出期间，为配合展出的珍贵宋元书画，东京国立博物馆还举行了"宋元书画学术研讨会"。

在名古屋展出时，当地的《中日新闻》报用两个整版的篇幅详细介绍了此展览，并对一些重要展品做了介绍，同时还报道了开幕式的盛况。参加名古屋展览开幕式的有中日新闻社会长加藤已一郎、社长大岛

宏彦，爱知艺术文化中心副总长，东海电视台社长，东海广播电台社长以及名古屋市各界人士约 400 人。

10 月移师至福冈市美术馆后，福冈市也对该展览表示了足够重视。在展览开幕式上，西日本新闻社董事长、中国驻福冈领事馆总领事、福冈市教育委员会负责人、美国驻福冈总领事夫人和福冈市著名人士等200 余人出席。展览期间，西日本新闻社曾作多次报道，福冈电台也就该展览对上博丁义忠同志进行了访谈，并在黄金时间播出五次。展览还受到周边城市市民的广泛关注，开幕第二天，就有专程从神户、鹿儿岛来观展的团体观众。

《中日新闻》1993 年 8 月 30 日报道

《中日新闻》1993 年 9 月 16 日报道

11 中国六千年秘宝展

展览图录封面

宋 汝窑青瓷盘

日本新潟市美术馆（1994 年 9 月 13 日至 10 月 23 日）

日本北海道立带广美术馆（1994 年 11 月 1 日至 12 月 18 日）

日本福岛县郡山市立美术馆（1994 年 12 月 24 日至 1995 年 2 月 12 日）

　　应日本"中国六千年秘宝展"实行委员会邀请，上海博物馆精选馆藏新石器时代陶器，商周、春秋战国时期青铜器，两汉、隋唐至明清时代的瓷器，古代玉器、文具、明清书画等文物共 110 件，前往日本东北地区和北海道展出。展品中有三分之二的藏品属首次赴海外展出。展览的举办，让日本特别是东北地区和北海道地区的日本观众了解了中国古代优秀的文化，增进了两国人民的友谊，拉近了上博与日本各博物馆之间的距离。

　　为了纪念新潟市美术馆开馆 10 周年而特别举办的此次展览，受到了新潟市各界人士的重视。开幕式当天，新潟市市长长谷川义明、新潟市议会议长、新潟市教育长及各有关部门和社会知名人士数百人出席。新潟市市长长谷川义明前后五次参观展览，并特意在新潟市市民报上撰文叙述其观后感，新潟市当地电视台和 NHK 电台做了宣传报道。该馆学艺员多次进行青铜、陶瓷、书画、工艺等方面的讲座，并在展厅进行展品鉴赏介绍。上博随展组三人也先后在展厅进行了文物导览。在新潟展出期间，共接待观众 17429 人次。

　　《每日新闻》报在北海道立带广美术馆展览开幕之前就做了大量报道，开幕之后，则几乎每天都会刊发展览相关报道，其中还发表了三位随展组成员的专访报道。为了更好地帮助日本观众理解展品，随展组三位成员每星期提供一次专业讲解，取得了极佳的效果。展览期间，该馆还特意举办了四次美术讲座。这是该馆建馆开放三年以来参观人数位列第二的特别展览，仅次于开馆展览。观众们表示，当日本还处于绳纹时代，中国已经创造了如此高度发达的文明，他们对此表示钦佩。据统计，在北海道展出期间，共接待观众 18303 人次。

为了庆祝郡山市建市 70 周年，展览最后一站移师至福岛县郡山市立美术馆。参加展览开幕式的有福岛县知事、郡山市市长等社会各界知名人士百余人。福岛中央电视台对随展组进行了专访。接待观众人数为 29970 人次，创下了历年来当地展览会观众数量的最高纪录，最多一天超 3000 人次。该馆还邀请随展组成员就"中国古代玉器"做专场演讲，听众超 130 人，为当地听众人数最多的一次演讲会。随展组承担每周为展览进行一次专业讲解任务，受到当地观众的欢迎。展览甚至吸引了周边地区的观众前来观展。

西周早期　或父癸方鼎

明　徐渭《花卉图》卷（局部）

12　中国的辉煌：来自上海博物馆的 5000 年中国艺术

展览图录封面

新西兰达尼丁市立美术馆（1999 年 3 月 13 日至 6 月 7 日）

新西兰汉密尔顿怀卡托美术历史博物馆（1999 年 7 月 17 日至 10 月 10 日）

本展是上海市政府和新西兰达尼丁市政委员会签订的友好城市备忘录的文化交流项目，得到了上海市外办友城处、新西兰博物馆协会、新西兰达尼丁市政委员会和新西兰驻沪总领事馆的大力支持。

上海博物馆提供新方 90 件／组展品，包括青铜 43 件，陶瓷 20 件，绘画 10 件／组，工艺 17 件，其中有 6 件一级文物和 3 件珍贵的犀角制品。

展品时间跨度上至良渚文化下至清代，门类多样，是一个综合性展览，旨在向新西兰人民介绍中国五千年灿烂的文明及其辉煌硕果。

新西兰总理珍妮·希普利女士和文化部长海斯勒先生分别参加了在怀卡托美术历史博物馆和达尼丁美术馆的开幕式，在开幕式上致辞并对展览给予高度评价。上海市政府副市长韩正率代表团赴达尼丁出席开幕活动，并在开幕式上发表讲话。

13 上海博物馆藏青铜器名宝展

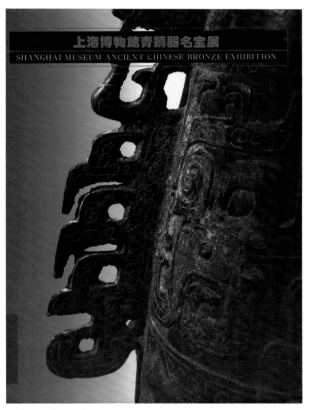

展览图录封面

西周中期 小克鼎

日本佐川美术馆（2000 年 4 月 17 日至 7 月 16 日）

　　应日本佐川美术馆邀请，上海博物馆精选 78 件青铜器藏品赴该馆举办"上海博物馆藏青铜器名宝展"，所有展品均为首次赴日展出，其中一级品 3 件，涵盖了从夏代至西汉时期的青铜器藏品，并且有数件展品为首次公开。展品中包括商代兽面纹斝、小克鼎及镶嵌狩猎纹豆等收藏精品。

　　佐川美术馆是日本著名企业佐川急便株式会社兴办的一个文化机构，与上海博物馆首次合作办展，提前一年半开始策划展览内容，商议借展清单，对此次展览给予高度重视。

　　开幕式当天，中国人民对外友好协会秘书长韦东、中国驻日大使馆、驻大阪总领事馆派员出席。佐川美术馆馆长栗和田荣一、产经新闻社代表、京都新闻社代表、滋贺县守山市代表、东京国立博物馆代表及各界来宾 250 余人出席了开幕式。产经新闻社、京都新闻社、NHK 电视台、琵琶湖放送协会等日本多家新闻媒体报道了开幕式盛况。《京都新闻》出专刊介绍了展览情况。

　　展览期间，上海博物馆随展组成员进行了导览，并接受了中日新闻社、NHK 大阪放送协会、朝日新闻社、东海电视台、守山市有线放送等新闻媒体的采访。展览也吸引了日本博物馆界的同行，奈良国立博物馆专业人员、日本著名青铜器专家樋口隆康先生也前来观展，并对上海博物馆的青铜器收藏赞不绝口。

　　尽管佐川美术馆地理位置较为偏僻，交通不便，但根据日方的统计，观众总数达 21669 人次。这个参观人次，对佐川美术馆而言，是一个非常了不起的数字，因为据该馆工作人员透露，此次特展的观众人数，是他们以往举办展览的数倍。为此他们对上海博物馆慷慨出借精美的馆藏青铜器办展表示非常感谢，他们认为这次展览的成功，完全依仗于上海博物馆的国际名声和精美的青铜器收藏。

14 中国明清扇面名品展

明　文徵明《行书喜雨诗》扇页

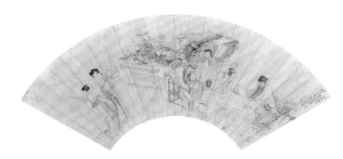

清　黄慎《金带围图》扇页

清　华嵒《红叶画眉图》扇页

日本大阪松坂屋会场（2001 年 5 月 10 日至 5 月 15 日）

为了纪念上海博物馆与日本书艺院缔结友好关系十周年，继日本书艺院在 2001 年 3 月分别在上海博物馆和上海美术馆成功举办"日本书艺院新世纪书法展"之后，应日本书艺院邀请，上海博物馆赴大阪举办了对等交流展"中国明清书画扇面名品展"。展品共计 100 件，涉及 67 位明清时期书画领域重要流派的代表人物和成就卓越的名家，如姚绶、文徵明、唐寅、张瑞图、王铎等。展览反映出中国五百年书画发展的概貌，有助于日本书道界和普通日本观众更深入理解中国书画艺术。

展览开幕式由日本书艺院理事长尾崎邑鹏主持，大阪市副市长土崎敏夫发表了致辞演讲。中国驻大阪总领事王泰平、大阪日中恳话会会长浅沼清太郎等 200 余人出席了开幕式。展览共吸引观众 25854 人次。

15 上海博物馆展
——中国文人世界

展览图录封面

展览开幕式场景

日本秋田市立千秋美术馆（2002 年 10 月 24 日至 12 月 15 日）

日本广岛县吴市立美术馆（2003 年 4 月 11 日至 5 月 25 日）

日本东京都松涛区立美术馆（2003 年 6 月 3 日至 7 月 13 日）

日本米子市美术馆（2003 年 7 月 24 日至 8 月 31 日）

为纪念中日关系正常化三十周年，促进中日两国友好文化交流，上海博物馆应日本美术馆联盟协议会邀请，于 2002 年 10 月至 2003 年 8 月在日本秋田市等地举办"中国文人世界"巡回展，共展出陶瓷、书画、工艺等 91 件馆藏。

长期以来，中国文人在儒、道、佛哲学思想的影响下产生了自己的文化理念和精神世界，他们追求离尘脱俗、雅致高远的人生意境和生活情调。文人世界的古物遗珍便是他们的心灵物语。此次展览涵盖了唐宋特别是明清时期以来，各种样式、质地，且具有典型意义的书斋陈设品和文房用具，既有体现文人淡泊清远的人文气质的书画，也有表现文人高雅的艺术情趣和古代工匠绝妙工艺水平的笔墨纸砚等文具，完美地诠释了中国文人世界的文化和精神。

展览在秋田市、吴市、米子市、东京等地举办，众多的日本观众切身感受了中国文人世界的艺术精华，推动了两国文化交流。

16 五千年名宝——上海博物馆展

展览图录封面

五代—北宋 白釉镂雕殿宇人物枕

日本岛根县立美术馆（2003年4月17日至6月15日）

日本横滨市十合美术馆（2003年6月27日至7月27日）

日本岐阜市历史博物馆（2003年8月6日至9月28日）

日本高知县文化广场（2004年1月10日至2月15日）

日本大阪历史博物馆（2004年3月17日至5月10日）

　　为了庆祝上海市和日本横滨、大阪市缔结友好城市30周年，在上海市、横滨市、大阪市市政府的直接关心下，作为庆贺活动的重要组成部分，应日本大广株式会社和大阪历史博物馆、横滨市十合美术馆、岛根县立美术馆等邀请，上海博物馆于2003年4月至2004年5月间在日本岛根、横滨、大阪等地举办"上海博物馆珍藏展"。

　　本次展览从上海博物馆珍藏的近百万件藏品中遴选出104件／组，重器珍品云集，还有许多是首次出展日本。其中有著名的西周早期鄂叔簋、西周中期的小克鼎、西周晚期的史颂鼎、春秋晚期的镶嵌狩猎纹豆，还有北齐天保四年的道常造太子石像、梁中大同元年的释慧影造佛漆金石像、上海青浦福泉山出土的玉琮和玉璧、战国的双龙首玉璜，更有五代至北宋的白釉镂雕殿宇人物枕、宋代官窑贯耳瓶、明李在《琴高乘鲤图》轴和吕纪《双雉图》轴。这些展品充分展现了中国五千年文明的发展历史和博大精深。这些展览的成功举办能够看到中日两国文化相濡以沫的关系，对日本人民更好地了解中国，促进中日两国的友好交流起到了积极作用。

17 灵山：上海博物馆藏明清
山水画展

展览图录封面

澳大利亚悉尼新南威尔士美术馆（2004 年 3 月 12 日
至 5 月 9 日）

新加坡亚洲文明博物馆（2004 年 5 月 20 日至 7 月 18 日）

美国火奴鲁鲁美术学院（2004 年 8 月 4 日至 10 月 3 日）

"灵山：上海博物馆藏明清山水画展"由澳大利亚悉
尼新南威尔士美术馆牵头组织举办，获得该馆中国古代艺
术专家埃德蒙·卡蓬馆长的支持。展览以明清山水画为主题，
共展出 79 件绘画作品，几乎涵盖了明初至晚清五百年间所
有重要流派的代表画家，绝大部分为精品，一部分甚至是
中国山水画史上的代表作，如王履《华山图》册、安正文《黄
鹤楼图》轴、文徵明《句曲山房图》卷、仇英《梧竹书堂图》
轴等，形象地诠释了明清画家依托山水园林的文人生活，
以及作品中体现的艺术家所参悟的造化的灵感，为研究者
提供了一部较为完整的中国明清山水画史。

该展分别在澳大利亚新南威尔士美术馆、新加坡亚洲
文明博物馆和美国夏威夷火奴鲁鲁艺术博物馆三地巡展，
在三地吸引了 6 万余人次参观。

展览在新南威尔士美术馆和新加坡亚洲文明博物馆的
开幕式盛况空前。在新南威尔士美术馆展览的开幕活动中，
中国驻悉尼总领事、该馆的董事会主席等各界名流、华裔
画家及新闻媒体都前来参加。虽然展览的规模属于中型，
但该馆给予了高度重视，不仅使用了最好的临海展厅，召
开新闻发布会，派该馆专业人员为赞助人开专场介绍，还
举办了中国古代山水画研究国际学术研讨会，上海博物馆
书画研究部主任单国霖先生参加了此会并作《中国明清山
水画研究的几个问题》的演讲。展览对于促进中澳两国人
民的文化交流起了进一步的推动作用。

18 书之至宝——日本和中国

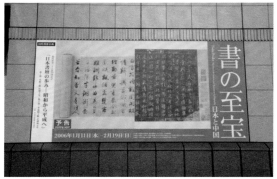

展览海报

日本东京国立博物馆（2006 年 1 月 11 日至 2 月 19 日）

　　书法是东亚地区最美的艺术之一。自古以来，在书法的发祥地中国汉字除文字功能外还常常展现出其优美的姿态。晋韵悠远，唐法谨严，宋意淋漓，元明尚态，各具特色。随着中日两国的邦交活动，汉字传入日本，并被广泛使用。贞观四年开始，来到中国的遣唐使，特别是留学生与学问僧在中国居留的时间通常比较长，少则几年，多则二三十年，他们为博大精深的中华文明所折服，汲取了中国书法艺术的养分。回到日本后，他们将汉字的艺术特性运用到日本文字的书写中，创建了深受中国书法艺术影响的日本书法艺术。从此两国的书法艺术同源演绎，一枝双葩，隔海相望，各自妖娆。

　　流行于两国间的书法艺术也是中日两国频繁的文化交流见证。为了让日本人民更好地领略中国书法艺术的魅力，同时让中国人民了解两国的交流不仅让书法艺术远播海外，也使许多中国古代书法艺术家的杰作传入异域，在远离故土的地方散发芬芳，在上海博物馆汪庆正副馆长和东京国立博物馆西冈康宏副馆长的倡议和推动下，在东京国立博物馆、朝日新闻社、上海博物馆同仁的共同努力下，在时任中国驻日本王毅大使以及日本著名艺术家平山郁夫先生的支持和帮助下，2006 年 1 月 11 日至 2 月 19 日，两馆共同在东京国立博物馆新落成的平成馆特别展示室举办"书之至宝——日本和中国"。作为交流，2006 年 3 月 13 日至 4 月 28 日双方又在上海博物馆举办了"中日古代书法珍品展"。

　　东京国立博物馆的"书之至宝——日本和中国"共展出 189 件 / 组，其中上海博物馆提供了 65 件 / 组。展览汇聚了以"书圣"王羲之双钩填墨本为首的中国书法精品以及以空海、小野道风为首的日本三笔、三迹、古笔、唐样等中日书法史上的重要作品。展览叙述中日两国书法历史的同时，也充分展现了中国书法艺术魅力和深受中国书法影响的日本书法体系。

展览共分十一个篇章：1. 文字的起源——字体的变迁；2. 王羲之及周边；3. 楷书表现的完成——中国唐代；4. 主观主义的确立——中国宋代；5. 中国书法的受容——飞鸟时代；6. 奈良时代的写经和三笔——奈良时代到平安时代；7. 三迹及和样的成立——平安时代中期；8. 假名之美——平安时代中期、后期；9. 传统和样及个性墨迹——镰仓时代至室町时代；10. 各种顶点——中国明清时代；11. 宽永三笔和唐样——安土桃山、江户时代。

此次展览展品堪称既全又精，几乎囊括了从公元前4世纪至19世纪汉字书法各个阶段具有代表性的经典作品，系统展示数千年间中日书法的历史发展脉络，尤其突出展示了中国书法史上大篆、小篆、隶、行、楷等诸体发展过程中具有里程碑意义的代表作品：战国时期《石鼓文》的北宋拓本为秦始皇统一文字前大篆的代表作品，秦代李斯的《泰山刻石》（一百六十五

字本）则是小篆的典型代表，还有历来公认为汉隶典范的《曹全碑》（"因"字不损本）等。而著名"临川四宝"中的《孔子庙堂碑》《孟法师碑》《善才寺碑》，出自于虞世南、褚遂良、魏栖梧等唐楷大家之手，属稀世名宝。还有唐代怀素、高闲的代表作，宋、元大家苏东坡、黄庭坚、米芾、蔡襄、宋高宗（赵构）、沈辽、赵孟頫、鲜于枢、杨维桢等的传世佳作。明清书法家祝允明、王铎、黄道周、金农、赵之谦、吴昌硕等作品令人瞩目。王羲之、王献之的作品尤为亮丽，有"书圣"王羲之创作于东晋永和年间、现收藏于日本宫内厅三之丸尚藏馆《丧乱帖》，还有《妹至帖》《十七帖》以及《淳化阁帖》（最善本）汇集的王羲之墨宝；还有王献之的《鸭头丸帖》《地黄汤帖》堪称件件珍品，字字珠玑。

在东京国立博物馆的"书之至宝——日本和中国"在日本引起轰动，观众人数达到182018人次，为历年书法展观众人数最多的一次。日本天皇夫妇和皇太

开幕式嘉宾

开幕式上平山郁夫致辞

开幕式嘉宾

展览开幕式

子夫妇以及各界政要分别前往东京国立博物馆参观，在日本掀起了学习和欣赏中国书法的热潮。"书之至宝——日本和中国"的成功举办，为中日两国的友好关系注入了润滑剂，正如王毅大使所说"这次展览会，是回顾日中两国书法文化历史的难得机会，通过对作为展览背景的两国各种各样的文化和思想的理解，对加深两国国民间的相互理解发挥巨大的作用"。

不仅如此，上海博物馆和东京国立博物馆也进一步加强了合作交流，在西冈康宏副馆长的积极推动下，双方缔结了友好交流协议，在展览和人员交往等领域开展了卓有成效的交流，这些活动提升了两馆学术研究水平，同时也推动了两国人民和文化的友好交流。

嘉宾参观

展厅外场景

观众参观

蜂拥而至的观众

中国民乐演奏

48

19 澳大利亚昆士兰美术馆
中国艺术陈列馆长期借展

北宋　龙泉窑青釉刻花五管盖罐

澳大利亚昆士兰美术馆

（2006 年 11 月 23 日至 2007 年 10 月 22 日）

（2007 年 11 月 25 日至 2008 年 10 月 24 日）

（2008 年 11 月 25 日至 2009 年 9 月 30 日）

为弘扬中华民族优秀文化，增进和发展上海与昆士兰友好城市的交往，促进上海博物馆与昆士兰美术馆的交流与合作，应昆士兰美术馆的要求，上海博物馆自 2006 年底至 2009 年 9 月，以长期借展的形式提供三批展品供其中国艺术陈列馆展出，第一批展品包括 3 件隋代石刻佛造像和 17 件明清瓷器，第二批和第三批展品分别为 20 件中国古代瓷器。

上海博物馆与昆士兰美术馆有过非常成功的合作。随着上海与昆士兰于 1989 年缔结为友好城市，上海博物馆曾应昆士兰美术馆的邀请，于 1990 年携 80 件夏商周及汉唐文物赴澳洲举办"上海博物馆珍藏文物展览"，该展随后巡展至悉尼新南威尔士美术馆。展览在当地引起极大轰动，成为当年文化界的一大盛事。

2006 年底，昆士兰美术馆对其馆所进行全新修葺，同时开放新落成的昆士兰现代艺术馆，并伴以第五届亚太地区当代艺术三年展。上海博物馆借展之文物同该馆向美国、韩国、日本等地博物馆借展之亚洲其他国家古代文物共同展陈于美术馆的古代亚洲艺术展厅。该展厅于 2006 年 12 月 1 日正式开放。昆士兰美术馆的中国艺术陈列展览受到了当地民众的热烈欢迎，在同时展出的其他国家借展之亚洲文物中也十分突出，得到馆内外文博人士的一致好评。

第一次借展期间，原展览部副主任李仲谋于 5 月 11 日在昆士兰美术馆演讲厅为该馆业务人员做了一场题为 *Imperial Jingdezhen Wares of the Ming and Qing Dynasties* "明清景德镇官窑瓷器"的英文讲座，就明清时期景德镇官窑体制的形成、御窑厂的建立以及此时期官窑瓷器的主要分类做了介绍，帮助他们进一步认识我国明清时期的制瓷艺术。

撤展人员工作场景

20 上海博物馆藏中国古代青铜器和玉器展

上海博物馆代表团成员合影

顾祥虞副馆长为展览开幕致辞

顾祥虞副馆长接受当地媒体采访

韩国釜山博物馆（2007 年 6 月 15 日至 9 月 10 日）

为庆祝中韩两国建交 15 周年暨上海与釜山缔结友好城市 14 周年，上海博物馆应韩国釜山博物馆邀请，于 2007 年 6 月至 9 月在釜山博物馆举办此次展览。展览被列为中韩交流年系列活动中的重要项目。

此次展览精选 95 件／组上海博物馆藏夏代至西汉时期的青铜器、玉器（一级文物 6 件／组），以及一套青铜觯陶范铸造法模型，展品种类涵盖了该时期青铜器发展过程中的所有器类，全面反映了各时期的青铜铸造工艺特点及其装饰风格。此外，青铜器上的铭文——从商代晚期爵上的族徽到西周中、晚期簋、鼎、钟上的叙事记功——折射出中国文字的形成及发展脉络。展品中的玉器数量虽少但纹饰精美，展现了中国早期制玉技术的特点和成就。

开幕式嘉宾剪彩

开幕式嘉宾参观展览

开幕式上嘉宾云集

展厅场景

21　帝王之龙：上海博物馆珍品展

展览图录封面

新西兰总理海伦·克拉克开幕式致辞

奥塔哥博物馆馆长希姆拉斯·保罗开幕式致辞

新西兰达尼丁奥塔哥博物馆（2008 年 9 月 16 日至 2009 年 3 月 15 日）

此展以"龙"为主题，冀以将中国传统文化的这个重要部分推介给新西兰人民。中国人常自称为"龙的传人"，在中国没有任何一种动物可超越龙的地位，甚至"龙"本身成为了"中国"的代名词。"龙文化"是中华文明的重要组成，从文学、历史、艺术、哲学、政治到建筑、民俗，它的影响无处不在。

展览汇集上海博物馆珍藏的始自新石器时代迄于清朝晚期，包括青铜、陶瓷、书法、绘画、玉器、竹木漆器等类别百余件与龙相关的精美艺术品，展览分为龙的起源、龙的形象、龙的象征、经典的龙、皇家的龙、龙的家族、龙在民间等七个部分。在展示"龙"的形象演变之外，更希望参观者能够了解"龙"所蕴含的精神内核及其在不同时期的微妙变化。

新西兰达尼丁是上海的友好城市，举办该展览是两市文化交流的重要项目。展览得到了新西兰政府和达尼丁市政府的高度重视，开幕仪式的规格也很高，达尼丁市市长陈永豪先生主持了开幕式，新西兰总理海伦·克拉克、刚到任的中国驻新西兰大使张援远及夫人出席了仪式，并在仪式后参观了展览。开幕式上，克拉克总理、奥塔哥博物馆馆长西姆和上海博物馆代表团先后发表了热情洋溢的讲话，新西兰的土著居民毛利人举行了祝福仪式，并以"吻鼻礼"这一最高礼仪迎接尊贵的客人。

此展新西兰观众人数达 84000 人。

达尼丁市市长陈永豪主持展览开幕式

新西兰报纸专访上博研究员陆明华先生

展览入口处

奥塔哥博物馆内的展览广告

22 从丝到银：来自上海博物馆的中国少数民族藏品展

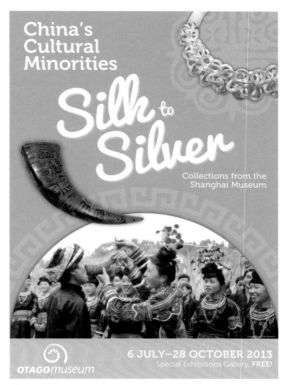

展览宣传海报

展厅入口处场景

新西兰奥塔哥博物馆（2013 年 7 月 6 日至 10 月 28 日）

由于社会条件、生产方式和生活习惯的差异，中国各少数民族在长期的历史发展中，形成了风格迥异的文化，其中最有特点的是各族的实用工艺美术品，这些种类繁多、色彩绚丽、技巧纷呈、生活气息浓郁的卓越创造，构成了本次少数民族艺术展的 73 件展品，它们地跨东西南北，涵盖诸多民族。展览将展品细分为民族服饰、传统饰品、生活用品、宗教文化用品四个板块，以展品结合文字说明、图片的方式，介绍中国少数民族的文化全貌，向新西兰观众展示中华民族文化的博大精深、各民族之间的交汇融合和中国民族的大团结，推广中华文化。

2013 年 7 月 4 日，达尼丁市市长 Dave Cull 先生在与上海博物馆代表团会见时说，达尼丁是中国移民抵达新西兰的第一站，几百年来中国移民与达尼丁的城市历史已融为一体，因此达尼丁人民对中国有着强烈的好感，他们都期盼看到这次来自上海博物馆的展览。毛利咨询委员会主席 Matapura Ellison 先生还用毛利语热情欢迎代表团和布展组的各位来宾，传递了亲切又热烈的情谊。

7 月 5 日晚上 18 点，展览在奥塔哥博物馆 1 楼开幕。出席开幕式的新西兰贵宾有达尼丁市市长 Dave Cull、毛利咨询委员为主席 Matapura Ellison、奥塔哥博物馆理事会主席 Graham Crombie，中方贵宾除了上海博物馆代表团、布展组，还有特地从基督城赶来的谭秀甜总领事。奥塔哥博物馆的工作人员还用毛利语献唱祝福歌曲，成为开幕式的亮点。李峰副馆长为开幕式致辞并剪彩。

展览观众人数约为 3.2 万人次。

展厅内场景

23 上海博物馆中国绘画至宝

展览图录封面

展览宣传海报

日本东京国立博物馆（2013 年 10 月 8 日至 12 月 1 日）

  为了庆祝东京国立博物馆东洋馆改建成功，上海博物馆遴选了中国宋元明清书画藏品 40 件在东京国立博物馆东洋馆举办"上海博物馆中国绘画至宝"展。这是 2010 年在上海博物馆举办的日本收藏的中国绘画展"千年丹青"展的交换展。此次展览汇集了上海博物馆书画珍宝，有举世闻名的无款《闸口盘车图》卷、郭熙《幽谷图》轴、王诜《烟江叠嶂图》卷、钱选《浮玉山居图》卷。而将诗书画印融为一体、直抒胸臆、形神情思兼备，主张气韵与笔墨情趣自洽，追求高雅精神的文人画则是其中的亮点之一。日本没有文人画顶峰的元四家作品，为了弥补这一遗憾，此次展览还特意甄选了元四家中倪瓒的代表作《渔庄秋霁图》、王蒙的代表作《青汴隐居图》等供观众鉴赏。此外还有继承元代文人画风的明代吴门画派文徵明的代表作《石湖清胜图》卷、李在的代表作《琴高乘鲤图》，以及与此抗衡的宫廷画派风格的浙派作品。更有与正统画派相左，造型独特充满奇想的代表画家吴彬《山阴道上图》。

  通过这些中国古代艺术精品的鉴赏交流，使得更多的日本国民能够领略中国绘画的精髓，了解两国的文化渊源，加深中日两国文化和博物馆事业的友谊和交流，进一步促进中日人民之间世世代代的友好关系。

展览开幕式场景

观众参观展厅场景

24 青出于蓝——青花瓷的起源、发展与交流

新华网报道

清 青花帆船图盘

乌兹别克斯坦国家历史博物馆（2018 年 10 月 15 日至 12 月 15 日）

为响应"一带一路"倡议，打造文物外展精品，"青出于蓝——青花瓷的起源、发展与交流"是上海博物馆出境展在中亚地区迈出的坚实一步。上博希望通过在乌兹别克斯坦这一丝绸之路上的古国办展，用青花瓷这颗世界陶瓷史上的璀璨明珠串联起"一带一路"沿线城市与地区，讲述新的青花传奇。此次展览由上海博物馆和上海科技馆共同牵头，中国科学院上海硅酸盐研究所、景德镇御窑博物馆、海南省博物馆、中国（海南）南海博物馆共同参展，展品共 75 件（组）。在展示形式上，除了 70 件自元至近现代的青花瓷代表性文物藏品，还有 5 组多媒体展项，采用增强现实、多元交互的创新技术展示手段，全方位、多角度诠释青花瓷的发展脉络、艺术鉴赏、文化内涵、制瓷工艺、科学鉴定方法等。此次展览作为两地博物馆间合作的开端，对于促进双方进一步深化合作、加强交流具有重要意义。此展获上海市第十五届"银鸽奖"优秀项目类（海外活动）三等奖。

2018 年 10 月 15 日塔什干当地时间下午 3 时，展览开幕。展览由中华人民共和国科学技术部国际合作司、乌兹别克斯坦共和国国家科学院、塔什干市政府指导，中华人民共和国驻乌兹别克斯坦共和国大使馆、上海市科学技术委员会、上海市文物局、上海市教育委员会、乌兹别克斯坦驻上海总领事馆主办，乌兹别克斯坦国家历史博物馆、上海科技馆、上海博物馆、上海大学、中国科学院上海硅酸盐研究所、景德镇御窑博物馆、海南省博物馆、中国（海南）南海博物馆共同承办，并得到了上海科普教育发展基金会、上海陶瓷科技艺术馆、江西省景德镇市文化广电新闻出版局、海南省旅游和文化广电体育厅、乌兹别克斯坦国家地质博物馆等多家单位的大力支持。在开幕式上，乌兹别克

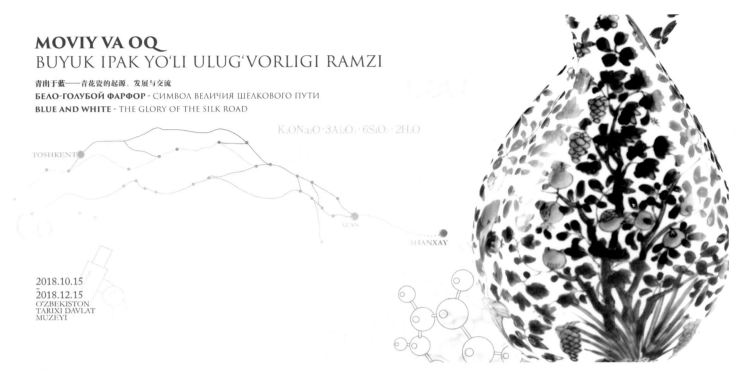

展览宣传海报

斯坦国家历史博物馆馆长 Ismailova Jannat Khamidovna 博士致开幕辞。她表示，中乌两国具有悠久的交往历史，在文化、艺术、贸易等各个方面互相影响与渗透，青花瓷也是其中重要的代表。展览合作，只是双方开启更深入、更长远合作的第一步。中国驻乌兹别克斯坦大使姜岩女士、乌兹别克斯坦共和国国家科学院副院长 B.A. Abduxalimov 先生、上海市科学技术委员会秘书长谢文澜先生莅临开幕式并致辞。三位均表示中乌双方作为知交同袍，将继往开来，在多方面、多层次的交往与合作中取得更丰硕的成果。来自上海（包括上海博物馆研究馆员陈克伦先生）、江西、海南等各合作单位的嘉宾出席开幕式并剪彩。当地第59学校、孔子学院的学生精心准备了中乌文化交融的舞蹈、朗诵等，为仪式更添光彩。随后陈克伦先生陪同姜岩大使及其他嘉宾参观了展览，展览现场观众云集，大家兴致勃勃。新华社和《经济日报》等媒体参加了开幕式，并对展览进行了积极报道。

上海大学党委副书记段勇（左）与上海博物馆研究馆员陈克伦先生（右）在现场交谈

25　三国志

展览图录封面

日本东京国立博物馆（2019年7月9日至9月16日）

日本九州国立博物馆（2019年10月1日至2020年1月5日）

为纪念《中日文化交流协议》签署40周年，同时为了庆祝国际博协第25届大会在日本京都举办，中国文物交流中心应日本东京国立博物馆、九州国立博物馆和日本广播协会（NHK）的邀请，组织统筹国内46家文博单位包括上海博物馆、甘肃省博物馆、焦作市博物馆、天津博物馆、重庆中国三峡博物馆、绵阳市博物馆、洛阳市文物考古研究院和鄂州市博物馆等的162件／组展品在日本举办"三国志"特展，展品中一级文物超过40件，上海博物馆参展展品为白玉兽纹鲜卑头、《孔明出山图》、《后赤壁赋图》卷、仇英《三顾草庐》图卷之一、熹平石经残石5件藏品。

展览聚焦三国遗迹和出土文物，用不同的文物讲述与三国人物有关的故事，包括壁画、木雕、泥塑、陶器、瓷器、金银器等类别，年代最早可上溯至两汉时期。通过展示中国三国时代的出土文物，不仅追溯了该时代的发展历程，展示了政权更迭的发展经过，还彰显了三国时期各地独特的思想、习俗与社会价值观。

作为当年中日文化交流的一件大事，中国驻日本大使馆公使郭燕、日本文化厅长官宫田亮平、日本东京国立博物馆馆长钱谷真美、日本广播协会（NHK）理事中田裕之、日本放送协会文化促进会社社长风谷英隆、朝日新闻社执行董事堀越礼子、中国文物交流中心副主任周明等嘉宾及各界人士近2000人出席了在东京国立博物馆举办的展览开幕式。在开幕仪式上，日本东京国立博物馆钱谷真美馆长表示，本次"三国志"展是东京国立博物馆举办的最大规模的中国主题展之一，其中85%的展品是首度在日本公开展出，包括2009年河南安阳曹操墓中一批重要出土文物。

"三国志"文物展在日本东京国立博物馆首展，引发日本全国"三国热"，在东京国立博物馆开展第一周便日均接待观众五千余人，观众总数超过 33 万人次，随后巡回至九州国立博物馆，再次吸引超过 14 万日本观众。

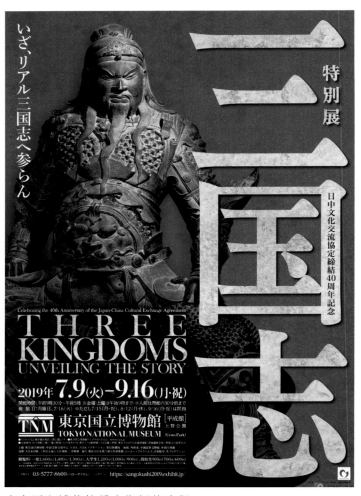

东京国立博物馆展出期间的海报

九州国立博物馆展出期间的海报

26   中韩牛年生肖展

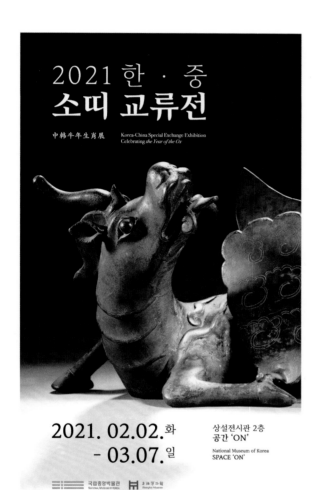

展览宣传海报

韩国国立中央博物馆（2021 年 2 月 2 日至 3 月 7 日）

　　为了进一步加强中韩两国间的文化交流，上海博物馆与韩国国立中央博物馆（以下简称"韩中博"）于 2020 年 1 月签署《文化交流合作协议书》。作为履行双方合作承诺的第一步，两馆于 2021 年 2 月 2 日至 2021 年 3 月 7 日在韩中博举办"中韩牛年生肖展"展览，共同庆贺新春佳节。

　　本次展览展出上海博物馆两件牛形藏品，包括白釉刻划番莲纹卧牛枕和青铜牛形镜架。陶瓷和青铜器代表着中国古代杰出艺术和制造成就；同时，中国古代社会以农业为基础，牛作为重要的生产资料意义非凡。此次借出的两件藏品，造型生动，寓意浓厚，是向韩国公众介绍中国古代工艺和物质文化的优秀例证。

　　此次展览为特别交流展，作为回馈，韩中博遴选出两件牛形藏品，于同期赴上海博物馆展出。

　　据韩国国立中央博物馆统计，中韩牛年生肖展共接待观众 74851 人次，包括 *JTBC News*, *KBS News* 等八家当地媒体对展览进行了积极报道。

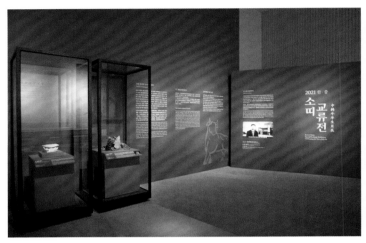

展厅场景

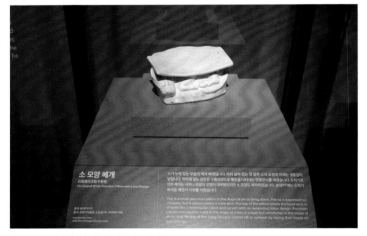

宋　白釉刻划番莲纹卧牛枕

明　青铜牛形镜架

27　中国古代青铜文明

展览图录封面

展览宣传海报

韩国国立中央博物馆（2021 年 9 月 16 日至 11 月 14 日）

　　"中国古代青铜文明"展举办的基础是上海博物馆与韩国国立中央博物馆于 2020 年 1 月签署的《文化交流合作协议书》。韩国国立中央博物馆是韩国最重要的、享有国际声誉的国家级博物馆。此次展览已获得第十六届"银鸽奖"的最佳活动／案例奖、第十九届全国博物馆十大陈列展览精品推介"国际及港澳台合作奖"、2021 年度上海市博物馆陈列展览精品推介（出境展）奖。

　　此次展览由上海博物馆青铜研究部专家负责内容策划，以时间为主要线索，结合韩国观众的知识背景，量身定制了四个部分：第一部分"中国青铜器的起源"，介绍中国古代青铜器的历史发展和铸造工艺；第二部分"中国青铜器的功能"，由酒器、食器、水器、纹饰四个板块内容组成；第三部分"中国青铜器的象征意义"则介绍了以列鼎与编镈为代表的礼制，以及以青铜兵器代表的"戎"；第四部分"中国青铜器的日常用途"以生活用器、带钩和铜镜三个板块讲述青铜器从礼仪用器逐渐进入到社会生活的发展演变。

　　此次展览展品的挑选兼顾学术性和艺术性，上海博物馆遴选了从夏代至西汉二千多年间具有代表性的 67 件／组青铜馆藏及一套范铸模型。展品器型多样，包括爵、觚、簋、镈、盘、匜、甗、觥、鼎等；体系完整，囊括列鼎、蟠龙纹镈四件、盘匜等组合；纹饰精美，呈现了兽面纹、龙纹、凤鸟纹、鳞纹、波曲纹、几何纹等瑰丽多彩的中国青铜纹饰特色。其中，一级文物小克鼎以极具时代特征的纹饰、蕴含重要历史信息的铭文成为展览的重点文物；戈卣则因其灵动可爱的猫头鹰造型在展览中广受韩国观众的喜爱；而凤纹牺觥曾于 2021 年春节期间与韩国国立中央博物馆文物一同在"卓荦迎新：中韩牛年生肖文物交流展"中展出，此次特别应邀赴韩与观众见面。

展览宣传海报

展览出版了中韩英三语图录，出版了所有原计划 123 件／组展品，弥补缺憾；图录收录了上海博物馆研究馆员马今洪撰写的《中国青铜艺术的演进及其时代特征》一文，增添学术厚度；展览还充分利用线上平台，开展了各种线上讲座、专家导读和"云博物馆——韩中青铜器文化探访"课程项目。包括《朝鲜日报》、韩国联合通讯社（YNA）以及纽西斯通讯社（NEWSIS）等在内的 16 家韩国主流媒体以及《人民日报海外版》皆对展览进行了重点报道；在展览开幕前后，上海博物馆及韩国国立中央博物馆利用主流社交媒体平台以及通讯、期刊等持续宣传，韩国观众也积极参与线上互动。在疫情期间严格限流的情况下，展览接待观众超过 3.3 万人次。

展览第一部分：青铜器的起源

展览第二部分：青铜器的功能之食器

戈卣在展览现场

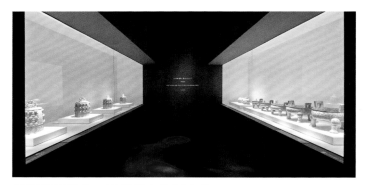

展览第三部分：青铜器与礼制文化

展览第四部分：青铜器的日常用途

观众欣赏小克鼎

相关媒体报道

春秋早期　龙凤纹匜

西周晚期　京姑盘

28 龙与凤——中国与伊斯兰世界的千百年艺术交融

展览图录封面

展厅入口处场景

阿联酋阿布扎比卢浮宫博物馆（2021 年 10 月 6 日至 2022 年 2 月 12 日）

　　为了向阿联酋观众展示古代中国与阿拉伯世界的文化交流史，应阿布扎比卢浮宫博物馆邀请，上海博物馆于 2021 年 10 月 6 日至 2022 年 2 月 12 日赴该馆参与举办"龙与凤：中国与伊斯兰世界的千百年艺术交融"展览。

　　展览以时代为线索，探索 8 世纪到 17 世纪中国与阿拉伯地区之间悠久而丰富的物质和非物质交流史，邀请观众沿着丝绸之路穿越时空，跨越地理和文明，探讨陆上和海上丝绸之路在贸易发展以及思想和文化交流中的重要性。此次展览为在阿拉伯地区首次举办的中国与伊斯兰世界交流史大型展览，有力促进了中阿交往史及古丝绸之路相关研究，推动了中国与"一带一路"沿线国家进一步扩大文化交流，增强互信。

　　展览由法国吉美亚洲艺术博物馆策划，由法国博物馆组织制作。超过 230 件展品来自卢浮宫博物馆、吉美博物馆等多家法国博物馆，囊括陶瓷、金银器、书画、丝织品等类别。上海博物馆是该展唯一的中国合作方，提供了 5 件馆藏瓷器珍品，包括 1 件元代卵白釉碗和 4 件伊斯兰器物造型永宣青花瓷器，这些器物有相当一部分为馈赠阿拉伯地区而特地制作，反映了当时中国与阿拉伯地区的文化交流与贸易往来。其中一件明宣德景德镇窑青花缠枝花卉纹执壶还与阿富汗出土的铜执壶一道被选为展览图录封面，两者的组合凸显了中国与伊斯兰世界在文化与艺术上的互鉴交融。策展方也特地将上博的几件展品与阿拉伯地区类似器型展品并排展出，观众能够通过比较两地文物的异同充分了解文明互鉴的重要内涵。

展览原定于 2020 年开幕，但受到新冠疫情影响历经多次推迟，最终定于 2021 年 10 月举行，也为同样延期的迪拜世博会造势。阿布扎比文化和旅游部主席穆罕默德·哈利法·穆巴拉克在展览图录前言中特别提到阿联酋所处的重要地理位置，得益于丝绸之路、海上贸易以及中国的"一带一路"倡议，将持续发挥更大的作用，尤其是"展览能够有上海博物馆的参与，

正体现了阿联酋与中国文化界的友好关系，揭开了两个文明交流交往的新篇章"。

展览开放 112 天内共接待观众 46719 人次。展览相关媒体报道近 170 篇，覆盖 19 个国家、6 种语言，其中《阿布扎比国家报》《阿拉伯新闻》《今日海湾》《Artnet 中国》等十几家影响力广泛的媒体都对该展览进行了报道。

展厅内纸质龙形艺术装置

展厅内祥云装饰墙

上博藏明景德镇青花执壶（左）与阿富汗铜执壶

上博藏明代景德镇花浇（右二）与中亚地区出土执壶

欧洲地区

29 中国古代青铜器展

意大利出版的展览图录封面

意大利米兰市王宫大厅（1988年6月16日至9月18日）
法国里昂高卢罗马博物馆（1988年10月2日至12月4日）

上海与意大利米兰于1979年结成友好城市。1983年3月，以意大利共产党中央委员、米兰市副市长库克里奥依为团长的米兰市代表团在上海访问期间，与上海市委市政府及有关部门商谈并达成了《关于上海和米兰1983年至1984年友好交流项目的备忘录》。其中，米兰方面希望上海市于1984年适当时候赴米兰展出中国历史文物。经过多年筹备，上海博物馆于1988年6月16日至9月18日在米兰市王宫大厅举办了"中国古代青铜器展"。

此次展览的展品为60件/组青铜器，种类包含酒器、食器、乐器、水器等，包括西周厚趠方鼎和春秋晚期牺尊等名品，同时展出了一套青铜器制作模型，向意大利观众较为全面地展现了公元前18世纪至公元前3世纪辉煌灿烂的夏商周青铜文化及中国古代青铜制作工艺。

展览受到了米兰方面的高度重视。展览开幕当日的新闻发布会有米兰各界人士超过80人参加，包括45家报社、5家电台和电视台的记者。中国驻米兰总领馆陈宝顺总领事及多位领事出席，米兰市副市长兼文化局长科尔巴尼出席并讲话，称"这次上海博物馆的珍品能在米兰顺利展出，是米兰和我们的友好姐妹城市上海多年合作努力的结果，这样的文化交流合作还将继续开展下去"。上海市政府外事办公室主任赵云俊率上海市友好交流代表团参加了开幕活动并致辞。米兰市考古博物馆馆长说："我们第一次把来自世界东方的文化珍品放在皇宫展览馆展出，这是米兰的骄傲，是一个成功的开端。希望这种文化交流能进一步发展下去，以促进彼此间的了解。"展览开幕当日参观者超过400人。

展览在法国里昂展出时的媒体宣传报道

展览在法国里昂展出时的媒体宣传报道

展览在法国里昂展出时的媒体宣传报道

为了此次展览，米兰市政府做了大量的宣传工作。展览开幕前，在王宫大厅外张贴有展览会标、广告牌和牺尊海报。在米兰市的主要街道和广场等都布置了宣传横幅和海报。展览期间，米兰各主要报纸和杂志均以较大篇幅对展览作了报道。米兰市长和副市长在《共和国报》的电视周刊上发表了采访讲话，积极评价此次青铜展在米兰举办的意义。展览相关学术讲座和宣传活动也受到当地观众的欢迎。当地报纸和杂志刊登与中国古代青铜器有关文章共 30 篇。

作为上海博物馆在欧洲首次独立举办的文物展览，此次展览以中国古代青铜器的精美和高度艺术性，吸引了米兰市、意大利全国，乃至其他国家观众前来参观，总观众人数近 23000 人次，可谓取得了巨大的成功。展览让许多之前对中国比较陌生的外国观众了解了中国古代文化和艺术，也进一步拉近了中意两国人民的距离，为未来文化交流合作奠定了基础。

在米兰的展期结束后，该展览移师法国里昂高卢罗马博物馆继续展出。这一安排缘于 1988 年 4 月，以雅克·乌多副主席为团长的罗纳·阿尔卑斯大区代表团访问上海时签署的《上海市和罗纳·阿尔卑斯大区文化交流项目备忘录》。

1988 年 10 月 4 日展览在里昂开幕，出席开幕式的有里昂市市长弗朗西斯科·戈萨、罗纳·阿尔卑斯大区议会副主席雅克·乌多和夫人、区议会秘书长雅克·戈迪埃等政要，中国驻马塞总领事张思阳夫妇，法国中部华裔联谊会会长冯忠杰等。里昂、巴黎、维也纳和附近城市的学术界、历史界、考古界、博物馆工作者也济济一堂，共有 500 多人。

展览在米兰展出时的媒体宣传报道

展览在米兰展出时的媒体宣传报道　　　　展览在米兰展出时的媒体宣传报道

　　高卢罗马博物馆对此次展览非常重视，不仅为这些青铜器特制了一套陈列柜，还在里昂市的主要街道布置了大幅印有牺尊海报的灯箱广告，地铁、广场等公共场所也出现了展览宣传物料。展览期间，《里昂晨报》、里昂富尔维耶尔电台等媒体对展览进行了采访报道，多家法国电视台、近20家里昂及法国报刊杂志刊登了展览相关宣传和报道文章。

　　由于宣传广告和媒体报道的广泛和及时，展览吸引了许多里昂市民和法国各个城市的市民前来参观，观众人数达20805人次。尽管中国青铜器对于法国人而言是陌生的，这也是中国古代青铜器首次来到法国里昂，但中国古代艺术品让他们流连忘返。许多法国观众专程为观展而来到里昂。此次展览广受好评，影响广泛，取得了很大成功，也为中法两国人民增进互相了解提供了良好平台。

30 中国艺术——上海博物馆珍藏文物展

展览图录封面

汉堡工艺美术博物馆内庭

德国汉堡工艺美术博物馆（1988 年 9 月 15 日至 11 月 13 日）

1986 年，上海与汉堡结为友好城市。时任汉堡工艺美术博物馆馆长萨尔顿向访德的上海市文化局提出了向上海博物馆借展的设想，希望在该馆举办一场能全面反映中华文明与艺术成就的小型综合性展览。1988 年 9 月 15 日，"中国艺术——上海博物馆珍藏文物展"在汉堡工艺美术博物馆揭幕。上海博物馆为此次展览遴选了最具代表性的馆藏青铜器、玉器、陶瓷、绘画文物 99 件。

展览的筹备得到了汉堡市市政府、上海市文化局、德国驻沪总领馆、中国驻汉堡总领馆的大力支持与积极协助。汉堡市第二副市长孟去博士与中国驻汉堡总领事王泰智莅临开幕式并讲话。展期中，共有 3.5 万名观众参观了展览。德意志新闻社、德国新闻二台、北德电台、OK 电台、汉堡电台、世界日报、文化艺术报道、汉堡日报等新闻机构参加展览记者招待会并做了专题报道。

出席开幕式的上海博物馆副馆长黄宣佩还在德国作了题为"灿烂的新石器时代良渚文化"的学术报告。随展的书画部专家钟银兰作了题为"八大山人绘画艺术"的学术讲座，并为中国留学生作了展览讲解。这是上博首次在德国举办展览，也开启了上博与德国博物馆界的联系与互动。

汉堡工艺美术博物馆外景

31　上海博物馆藏中国古代艺术展

展览图录封面

展览图录内页

瑞典哥德堡罗斯工艺美术馆（1995 年 1 月 31 日至 4月 30 日）

为发展中国人民同瑞典人民之间的友谊，加强上海同哥德堡的文化交流与合作，根据上海和哥德堡友好城市的交流合作协议，上海博物馆应邀赴瑞典举办了"上海博物馆藏中国古代艺术展"。展品总共 99 件：7 件青铜器、88 件陶瓷、3 件玉器和 1 件绘画，包括良渚文化玉琮、唐代彩色釉陶骑马女俑、清代景德镇窑豇豆红釉瓶等多件珍品。

为配合展览，罗斯工艺美术馆还策划了一系列活动，包括中国传统文化讲座、免费中国游抽奖等。一些社会团体如瑞典东方陶瓷学会等也利用此次展览举办讲座等各类学术活动。这些活动大大提高了观众的兴趣和展览知名度，取得了良好的教育和宣传效果。这是上海博物馆在北欧地区首次单独举办文物展览，为北欧地区国家的人民进一步了解中国传统文化、推动中瑞两国人民友谊起到了积极作用。

哥德堡市于 1995 年春举办了旨在加强中瑞人民友好的"中国之春"活动，此次展览为该活动中唯一的重要文物展览。2 月 1 日，瑞典王后 Silvia，哥德堡州长、市长，中国驻瑞典大使、文化参赞等政界要员和社会名流约 300 人出席了开幕式。开幕式上，马承源馆长、哥德堡市长等发表讲话，瑞典王后致辞并鸣锣宣布展览开幕。

此次展览在瑞典引起了较大的反响。在展出的三个月中，共接待观众逾 40000 人次，接近罗斯美术馆前一年全年的观众数。当地报纸、杂志、电台和电视台的报道和宣传更加频繁，仅在瑞典各地约 60 种主要报刊上，展览有关报道就有 180 次之多。哥德堡博物馆局副局长 Christian A. Nilsson 博士称赞其为"哥德堡举办的最成功的国内展览之一"。许多当地观众在参观展览时表达了对中国文化的热情和兴趣，以及对中瑞友好交往关系的支持和期望。

Torsdagen den 2 februari 1995

Intresserad betraktare. *Drottning Silvia invigde Kinesisk vår och utställningen Den blå draken på Röhsska museet i går.*

Bild: STEFAN BERG

Kinavår lockade drottning Silvia

I går slog drottning Silvia ett gonggongslag och invigde Kinesisk vår, storsatsningen som skall öka det kulturella och ekonomiska utbytet med Kina. Först ut i raden av evenemang är Den blå draken, på Röhsska museet.

Drottningen visade stort intresse för

det kinesiska konsthantverket från Shanghai Museum, pappersdrakarna och August den Starkes Dragonurnor.

Förtjust tog hon också emot en levande gris i bur.

SIDAN 10, DEL 1

《哥德堡邮报》（*Goteborgs Posten*）1995年2月2日报道　相关媒体宣传报道
瑞典王后Silvia（手拿花束者）为展览揭幕并参观展览

32 中国古代的礼仪与盛筵
——上海博物馆藏中国古代青铜器展

展览图录封面

法国巴黎赛努奇博物馆（1998 年 9 月 23 日至 1999 年 1 月 10 日）

为加强中法两国之间的文化交流，值法国巴黎赛努齐博物馆建馆 100 周年之际，上海博物馆应邀赴法国举办"中国古代的礼仪与盛筵——上海博物馆藏古代青铜器展"。展品包括 56 件青铜器、3 件铸造青铜器陶范和 1 套青铜器铸造模型。作为上海博物馆与赛努奇博物馆之间的交流，赛努奇博物馆收藏的中国古代青铜器虎卣于 1998 年 9 月 1 日至 1999 年 1 月 15 日在上海博物馆青铜馆内展出。

为向法国人民充分展示了中国青铜器的魅力，此次展览的展品皆为上海博物馆馆藏青铜器精品，器类之全，器型之多，堪称中国古代青铜器发展史的一个缩影。

展览开幕后，受到了巴黎市政府和博物馆协会的高度重视，中国驻法国大使吴建民及夫人亦专程到访参观。法国各界乃至欧洲各界都对展览给出了高度好评，观众参观热情踊跃，展览期间总参观人数超 25500 人次，达到了赛努奇博物馆历史上的第二高峰。

展览的成功不仅扩大了上海博物馆在欧洲的影响，而且对于以收藏和展览东方文物为主的赛努奇博物馆也是很大的支持，促使巴黎市政府基本确定了赛努奇博物馆的改造项目，有利于让欧洲人民通过走近中国古代文物进一步了解中国文化。

时任法国总统希拉克对此次交流展览给予了高度关注和大力支持，还特意为此撰文发表于《费加罗杂志》。他在文中提到："对于西方人来说，上海博物馆是中国艺术博物馆中的佼佼者，其馆藏珍贵文物令人惊叹，尤其是著名的中国青铜器，不仅制造技术高超，在美学上更是堪称完美，向我们展示了两千多年前的中国历史与文化。……我为能在法国举办这场精彩的展览而感到万分高兴。在这里，上海博物馆的青铜器与赛努奇博物馆的馆藏交相辉映，观众定能在其中感受到中国古代青铜艺术的魅力，并了解东西方文化交流的故事。"

希拉克撰文

商代晚期　凤纹牺觥

春秋晚期　镶嵌狩猎纹豆

33 上海博物馆藏海派绘画展

英国苏格兰皇家博物馆（2000年2月19日至5月21日）

　　苏格兰皇家博物馆位于英国苏格兰首府爱丁堡，是苏格兰国家博物馆的重要组成部分，与苏格兰博物馆相连，在20世纪平均每年接待海内外观众近50万人次，1999年的观众人数超过100万人次。该馆内的"胡应湘夫人东方艺术展厅"陈列了约2000件中国、日本及韩国的工艺品。

　　"上海博物馆藏海派绘画展"的作品以1850年至1910年间的海上画派为特色，展出虚谷、赵之谦、任熊、任颐、吴嘉猷、吴昌硕、陆恢、吴大澂等29位大师的59件/组绘画精品，涉及山水、人物、花卉和动物等多种题材。

　　此次展览是上海博物馆首次在英国举办展览，有助于促进中英文化交流，不仅有利于在世界范围内大力弘扬中华民族的优秀文化和传统，而且在新世纪到来之际，为西方社会了解中国传统文化并认识上海地区文化发展史提供了很好的机会，具有重要的时代意义。

展览图录封面

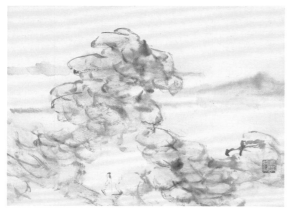

清　虚谷《山水》册之一

清　虚谷《山水》册之二

清　赵之谦《花卉》册之一

34 竹与园林石
——中国明代艺术展

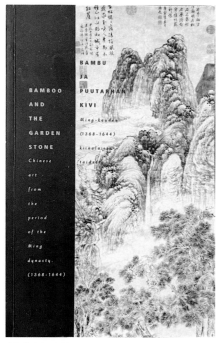

展览图录封面

芬兰艾斯堡奥修艺术博物馆（2000 年 9 月 1 日至 11 月 15 日）

应芬兰艾斯堡市文化委员会和艾斯堡奥修艺术博物馆的邀请，中国文物交流中心于 2000 年 9 月至 11 月赴芬兰奥修艺术博物馆举办"竹与园林石——中国明代艺术展"。中方提供文物展品 60 件／组，分别来自上海博物馆、天津艺术博物馆和南京博物院。此次展览是 2000 年欧洲文化城市项目有关系列活动之一。恰逢中芬建交 50 周年，芬兰艾斯堡市和上海又是友好城市，故芬兰方面对上海博物馆参展之事十分重视。上海博物馆亦精心遴选了书画、家具、工艺、印章、陶瓷等 42 件／组文物珍品参展，旨在为芬兰观众更好地展现明代文人的艺术生活。

此次展览深受芬兰观众的喜爱，展览期间观众超 8000 人次。其中不仅仅是艾斯堡市民，还有来自芬兰其他地区，以及来自瑞典、挪威等周边国家的观众。对于艾斯堡城市人口规模来说，该数字已非常可观，让奥修艺术博物馆方面非常满意和骄傲。

展览受到了赫尔辛基、艾斯堡许多本地新闻媒体的报道宣传，一本名为《中国 KIINA》的杂志对其进行了专题报道。芬兰航空供乘客游览的手册上也刊登了展览在艾斯堡展出的消息。

明　徐渭《草书七绝诗》轴

35　中国当代艺术展

美术报/2003 年/06 月/28 日/第 001 版/

从偏厅走向正厅 从3位到50位 从被动到主动

中国当代艺术"蓬皮杜"喝彩声声

本报巴黎讯，6 月 24 日上午 11 点，"中国当代艺术展"在巴黎蓬皮杜文化艺术中心开幕，由此揭开法国的中国文化年的序幕。此次展览是中国当代艺术在法国最高规格的一次亮相，展览主要包括了绘画、雕塑、摄影、装置、录像、电影等视觉艺术形态以及建筑和音乐等形式。其中视觉艺术部分选取了王广义、方力钧、刘小东、冯梦波、汪建伟、张培力、施慧、卢昊、徐坦、刘建华、宋东等近 50 位具有代表性的艺术家的作品。中国驻法大使吴建民、"中国当代艺术展"中方策展人范迪安、法方策展人巴克芒以及中法文化年"主席拉辛应邀出席了开幕式。

据介绍，为承办这次中国当代艺术展，"蓬皮杜"破了许多先例，首先推出了在这一时段早已排满的这个展期；第二，这是它历史上首次举办"国别性"的展览，集中展示中国的当代艺术；第三，除该馆馆固定展览区域外，其他的流动展览面积 2000 平方米全部给了中国，而且是蓬皮杜艺术中心的主厅。

蓬皮杜艺术中心如此高规格地对待这个展览。同时，此次展览还借国题目以 1974 年法国人罗兰巴特导写的一篇文章的题目名为："中国怎么样"。我们可以从出蓬皮杜艺术中心对中国当代艺术的一种复杂心情。

那中国究竟怎么样呢？中国当代艺术能够对扛起蓬皮杜艺术中心的主厅吗？两年前，当中国当代艺术展在柏林汉堡火车站艺术馆举办时，该馆对中国当代艺术的整体水平以及策展能力表示怀疑，只把艺术家的几个侧厅租借给中方。结果展览开幕后，其影响力及受欢迎度让该馆惊讶不已。中国当代艺术家用自己的成绩向此人证明，我们可以凭借自己的实力从日讯的

艺术的"发射塔"，将会把真实的中国当代艺术传播到全世界。

偏厅走向正厅。

对艺术家的选择极为严格的"蓬皮杜"，至今仅有 3 位中国人的作品在此展出。此次艺术展在最初划制的时候，法方开始也仅想把此次展览变成中国的西五位艺术家的展览。但随着中方的坚持和法方策展人对中国艺术家的走访和了解，他们改变了初衷。最后，正如策展人范迪安所说，这将是中国对外艺术展览史上规模最大、结构最丰富的一次展览。

面为关键的是，以往在由外方举办的展览中，中外方仅按照自己的套好与口味到中国选择艺术家。中国艺术家只能处于被动被选择的局面。在此次展览中，双方找到一个最好的契合点。一面既保证了不损害蓬皮杜文化艺术的定位，另一方面也突出了中方要突出的特色，而不会一味迎合西方社会的口味。

中国怎么样？从偏厅走向正厅，参展画家从 3 位到 50 位，从被动挑选到主动选择最好的证明，正如一些媒体报道所说的那样，此次展览坚持了从中国出发的文化自主性，反映中国当代艺术对当今国际发展的价值和积极成果。这里面既有法方愿意看到的另类、边缘的艺术形态，也有不显示艺术家个性，同时体现中国艺术公共空间和反映中国变化的作品。它们描述了中国 20 多年来通过改革带来的社会变化以及人们生活的细节，试图全方位展示世界一个真实的中国。中国当代艺术不再是简单地对西方艺术的拷贝，而是具有鲜明中国特色的形态，特别展示出自己的活力，具备了当代文化层面上与国际艺术对话的条件和水平。

中国怎么样？相信"蓬皮杜"这个西方

据悉，展览将一直延续到 10 月 3 日。

《美术报》2003 年 6 月 28 日报道

西汉　"内清以昭明"透光镜

法国乔治·蓬皮杜文化中心（2003 年 6 月 24 日至 10 月 13 日）

为加强中国和法国之间的文化交流，在中法两国国家元首的共同倡议下，2003 年在法国巴黎举行了大型中国文化活动"中国文化年"。为了配合即将举行的"中国文化年"活动，上海博物馆应法国乔治·蓬皮杜文化中心和中国对外艺术展览中心的邀请，精选了 3 件古代文物参加"中国当代艺术展"。这次展览也是上海博物馆在克服 SARS 疫情带来的重重困难后得以按期实现的一次展览。

法国乔治·蓬皮杜文化中心是一座以展示世界现代艺术而著称的知名艺术馆。此次"中国当代艺术展"是该中心自 1968 年建立以来举办的首个中国现代艺术展，同时也是 2003—2004 年中法文化交流年系列活动的第一个项目，因此中心为展览进行了充分的准备，邀请了中国近 70 位当代艺术家参展。上海博物馆应邀参展的良渚文化神面纹琮、明代祝允明《草书李白诗》卷和西汉青铜透光镜等 3 件文物是展览中独有的中国古代文物展品，为该展览增添了独特的古代艺术魅力。蓬皮杜中心为了更好地展现西汉青铜透光镜的展示效果，还提前定制了专门的陈列橱和相关装置。

开幕式当天，时任中国驻法国大使吴建民、蓬皮杜文化中心馆长阿兰·萨雅格为展览剪彩，中外记者、法国艺术节知名人士、华侨、中国艺术家及博物馆友好人士等近三百人参加了仪式及相关活动。

展览在当地掀起了一股中国热，参观人数达 10 万人次。不少法国观众表示，这个展览让他们看到了中国艺术的博大精深和创作时尚，并从中了解到了中国的变化和发展。

36　神圣的山峰

展览图录封面

法国巴黎大皇宫博物馆（2004 年 3 月 30 日至 6 月 28 日）

　　"神圣的山峰"中国古代艺术大展，是 2003 年至 2004 年中国赴法举办文化年活动三大主题中"古老的中国"的压轴戏。

　　展览由中国国家文物局与法国外交部、文化部和国家博物馆协会共同举办，是法国巴黎大皇宫博物馆自 1998 年以来第二次迎来的中国绘画专题展。

　　为向法国人民全面展示高水准的古代中国绘画艺术，展览荟萃了来自故宫博物院、上海博物馆、辽宁省博物馆、南京博物院、天津艺术博物馆、河南博物院、河南文物考古所和洛阳博物馆 8 个单位的 90 件中国古代山水画作精品和 24 件与山水有关的玉、石、青铜器等文物。其中一级文物 56 件 / 组，多数展品是首次赴法。上海博物馆作为主要参展单位，提供了元明清绘画作品 22 件，以及铜镜、石碑、佛像、笔筒等 6 件器物参展。

　　展览以中国古代绘画精品为主，以器物展品为辅，展品年代跨度从 7 世纪到 19 世纪，按"名山大川""园林幽居""仙山阁楼"等不同的山水画题材以单元形式组合，通过以具有高度象征意义的山、水等元素为主题的艺术作品，展示中国古代艺术家对自然和人类崇高的认识水平和独特的艺术表现手法，很好地揭示了山水画与华夏文化的密切关系，使法国观众感受到中国绘画的哲学趣味、与中国诗歌紧密联系的中国美学，从而深度体会灿烂的中华文明。

　　此外，法国方面还汇集了来自法国吉美国立亚洲艺术博物馆等机构和个人的 8 件绘画作品和 24 件陶瓷、石刻、铜器、木刻文物参展。还特别展出了著名摄影师马克·里布（Marc Ribou）在中国黄山等地拍摄的摄影作品，得古今、中西对比之意趣。

　　此次大展向法国乃至欧洲观众提供了一个难得的接近

中国古代绘画的机会。通过了解中国绘画的发展进程，学习欣赏中国古代绘画，西方观众进一步了解了中华文化所蕴涵的深刻的人与自然和谐思想。

中国驻法大使赵进军和法国文化部长阿亚贡为展览开幕式剪彩并发表讲话，许多法国政界、文化艺术界、企业界的知名人士参加了开幕活动。

清　梅清　《黄山十九景图》册 之一

元　倪瓒　《六君子图》轴

明　文徵明　《真赏斋图》卷

37 交流的博物馆：上海与巴黎

吉美博物馆出版的展览图录封面

上海博物馆出版的展览图录封面

法国吉美国立亚洲艺术博物馆（2004 年 1 月 13 日至 4 月 15 日）

作为 2003—2004 年中法文化交流年项目，上海博物馆与法国吉美国立亚洲艺术博物馆商定互借藏品举办"交流的博物馆: 上海与巴黎"交流展。上海博物馆的馆藏重器——春秋晚期青铜牺尊，于 2004 年 1 月 13 日至 4 月 15 日在吉美博物馆亮相。同时，吉美博物馆所藏的一件青铜象尊，于 2004 年 1 月 17 日至 4 月 19 日在上海博物馆展出。

青铜牺尊是名闻遐迩的 1926 年于山西浑源县李峪村出土的"浑源青铜器"中的佼佼者。它造型奇特，纹饰瑰丽，与其他的商周青铜器相比有着独一无二的构造，在青铜器发展史中可谓"前无古人，后无来者"，能够充分让人感受到两千五百年前中国青铜文化的灿烂和辉煌。时任上海市市长韩正在为展览所做的前言中表示，牺尊同吉美馆藏的象尊都是中国乃至世界古文物中的极品，见证了中国古代长江与黄河两个文明之间的互动与交融，举世无双。

吉美博物馆特意将陈列室的器物和橱窗进行了调整和挪移，以把吉美所藏的浑源青铜器和牺尊集中在一起展示，浑源青铜器所在的三个橱窗的底板都使用了黄色，凸显出了青铜器的厚重与精美。1 月 13 日，法国前总理巴拉迪尔、中国驻法大使赵进军等中法政要官员，以及赵无极等巴黎各界社会名流近百人出席了展览开幕式，共襄盛举。1 月 27 日，希拉克总统夫妇陪同到访的胡锦涛主席夫妇参观了展览。

38 宴会、礼仪和庆典：
上海博物馆古代青铜器展

西班牙加泰罗尼亚国立艺术博物馆（2004 年 6 月 22 日至 9 月 12 日）

葡萄牙里斯本贝伦文化中心（2004 年 11 月 9 日至 2005 年 1 月 2 日）

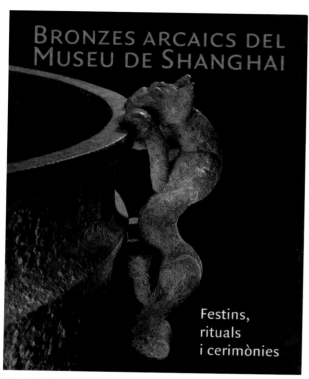

展览图录封面

上海与巴塞罗那于 2001 年 10 月 31 日正式缔结友好城市关系。为庆祝于 2004 年 5 月至 9 月在西班牙巴塞罗那举行的世界文化论坛，巴塞罗那市长 Joan Clos 邀请上海博物馆在加泰罗尼亚国立艺术博物馆举办青铜器展览，作为世界文化论坛的系列活动之一。上海博物馆应邀携 31 件 / 组青铜器于 2004 年 6 月至 9 月赴西班牙举办了"宴会、礼仪和庆典：上海博物馆古代青铜器展"。这是在西班牙举办的第一个来自中国的青铜器展览。时任上海市市长韩正在展览前言中说到："上海博物馆在加泰罗尼亚国立艺术博物馆展出馆藏青铜珍宝，为西班牙人民了解中国、亲近中国文化提供一次难得的机会，更加拉近我们两座姐妹城市的距离，增进中西两国人民的友谊。"

此次展览的主要组织、联络工作由巴塞罗那"亚洲之家"协会执行。该协会成立于 2000 年，由西班牙外交部、加泰罗尼亚地区政府和巴塞罗那市政府共同管理，专门从事以中国为主的文化交流和教育活动。

2004 年 6 月 21 日举行的开幕式上，来宾逾 300 人，包括马德里及巴塞罗那等地的政府官员及各界名流、中国驻西班牙大使及文化参赞、世界文化论坛领导人、"亚洲之家"协会代表等。开幕式气氛热烈，加泰罗尼亚国立艺术博物馆还特意安排了舞狮表演。精美的中国古代青铜器、灿烂的华夏文明，深深地吸引了每一位来宾。当地电视台和报刊杂志大量报道了开幕式及展览情况。展览期间，上海博物馆副馆长李朝远在该馆做《火与中国古文字》专题学术报告，受到观众热烈欢迎。

商代晚期　兽面纹罍

"宴会、礼仪和庆典：上海博物馆古代青铜器展"在西班牙的展出结束后，应葡萄牙"东方基金会"的邀请，于 2004 年 11 月 9 日至 2005 年 1 月 2 日赴葡萄牙里斯本贝伦文化中心巡展，以庆祝 2004 年中葡建交 25 周年。

Cat. núm. 18, detall.

西周晚期　仲义父需

Yi amb inscripcions datat en el període inicial dels Regnes Combatents, excavat a Huangni (Changsha).

Inscripció al ling «Zhong Yi Fu».

Els ling «Zhong Yi Fu» van ser excavats en una fossa de Famensi (Fufeng, Shaanxi), el 1890; amb ells van aparèixer més de 120 bronzes, dels quals el més famós és el gran ding «Ke» i un joc de set ding petits més. La inscripció del primer informa que els ancestres de Ke van prestar un gran servei a la cort del rei Zhou, per això, li van ser encomanades grans responsabilitats, i es va convertir en un dels grans ministres del rei de Zhou. El fet que Ke hagi pogut disposar d'un joc de set ding demostra clarament la seva posició jeràrquica. Alguns investigadors apunten la possibilitat que Ke i Zhong Yi Fu fossin la mateixa persona, ja que, segons els costums de la Xina antiga, els adults, a part del nom propi, eren designats amb altres apel·latius que tenien alguna relació amb el seu nom original, cosa que ha estat qualificada com a «nom de cortesia» (zi). Normalment, per anomenar les persones grans o aquelles a qui es respectava molt no s'emprava el nom propi, sinó el nom de cortesia, i davant d'elles, calia fer servir el propi nom i no el títol. Ke i Zhong Yi Fu serien, doncs, el nom propi i el de cortesia de la mateixa persona.

La fossa en la qual va ser excavada la peça havia estat descoberta casualment per uns camperols; un cop oberta, els objectes que s'hi havia trobat es van dispersar, per la qual cosa els set petits ding estan distribuïts en set museus diferents de la Xina i el Japó. El gran ding «Ke» i els ling «Zhong Yi Fu» van ser adquirits per Pan Zuyin, funcionari del Ministeri d'Obres de l'aleshores cort de Qing, i famós col·leccionista i epigrafista del període. Pan tenia entre els seus objectes alguns famosos bronzes i va editar un catàleg amb les peces que havia anat recollint en diferents llocs. En la dècada dels cinquanta del segle passat, els seus descendents van donar el gran ding «Ke» al Museu de Shanghai, i van vendre al museu els altres bronzes que conservaven, inclosa la parella del ling «Zhong Yi Fu».

春秋晚期　吴王夫差鉴　　　　　　　　展览图录内页

39 水晕墨章谱写万物
——中国明清水墨画展

展览图录封面

明 徐渭《竹石牡丹图》轴

法国巴黎莫奈博物馆（2004 年 7 月 5 日至 8 月 29 日）

作为中法互办文化年的压轴项目之一，"水晕墨章谱写万物——中国明清水墨画展"于 2004 年 7 月至 8 月在巴黎莫奈博物馆展出。此次展览遴选了明清时期具有代表性的作品 30 件／组，包括沈周、文徵明、董其昌、徐渭等名家名作，涵盖山水、人物、花鸟等各种题材，同时展示中国画工笔、白描、水墨写意、泼墨大写意、水墨淡彩等多种技法手段，并反映出各时期富有特色的流派风格和个性风格，显示出中国水墨画特有的精神内涵和笔墨形式的审美意趣。展览为法国人民了解中国画的独特艺术风貌，提供了一次近距离观赏和加深感性认识的机缘。

展览开幕式于 2004 年 7 月 5 日举行。开幕式开始前，上海博物馆代表团团长、书画研究部主任单国霖接受了记者们的采访，详细阐述了此次展览的内容以及其重要意义。莫奈博物馆馆长让·马里·格拉尼埃表示，中国的古代水墨画所达到的艺术境界使他非常震撼，非常感谢上海市人民政府和上海博物馆的精诚合作，使巴黎人民能欣赏到如此高超的艺术作品。

此次展览作为中法文化年巴黎"上海周"的重要展览之一，反响热烈，十分轰动。巴黎当地及其他地区的观众纷至沓来，观众超过 30000 人次。众多媒体纷纷表示，"展览以绘画艺术为媒介，中法文化再次对话，为巴黎'上海周'划上了圆满的句号"。

40 中国文人精神展

展览图录封面

瑞士日内瓦拉斯博物馆（2004 年 9 月 16 日至 2005 年 1 月 16 日）

    为进一步加强中国、瑞士两国之间的文化交流，上海博物馆应瑞士艺术和历史总博物馆的邀请，于 2004 年 9 月开始在日内瓦拉斯博物馆举办了"中国文人精神展"。展品共 120 件／组，包含青铜器、陶瓷、工艺品、书画、古籍和印章等多个品类，其中不乏精品名作，如汝窑盘、钧窑出戟尊、杜堇《十八学士图》屏、陈洪绶《雅集图》卷等。展览以文人书房、文人书画、文人博古、文人雅乐为单元，向瑞士观众充分展示了中国古代文人生活与艺术所蕴含的审美格调和文化内涵。

    展览在瑞士取得了巨大的成功，获得了当地观众的强烈共鸣。展出期间，观众总数达 31517 人次，展览图录售出超 1000 本。

瑞士日内瓦拉斯博物馆外景

陈克伦、汪庆正、仇大雄夫妇和瑞士艺术和历史总博物馆总馆长 Cäsar Menz 合影（从左至右）

41 上海博物馆与英国巴特勒家族所藏 17 世纪景德镇瓷器特展

展览图录封面

清　景德镇窑青花钱塘梦故事图盘

英国维多利亚和阿尔伯特博物馆（2006 年 4 月 25 日至 6 月 25 日）

2003 年，英国迈克尔·巴特勒爵士来函，希望以其家族收藏在上海博物馆举办 17 至 18 世纪"转变期"瓷器展览，同时提议上海博物馆携同时期瓷器一同参展。巴特勒家族收藏的中国古代瓷器十分丰富，尤其是明末清初景德镇销往欧洲等地的大量贸易瓷，藏品之丰富在全世界数一数二。巴特勒家族也是"转变期"瓷器最早的研究者之一，因此其藏品极具展出和学术价值。上海博物馆也收藏有一定数量的"转变期"瓷器，不少具有重要的学术研究价值。经过研究和协商，上海博物馆应邀与巴特勒家族、英国维多利亚和阿尔伯特博物馆（V&A）在上海和伦敦两地举办"上海博物馆与英国巴特勒家族所藏 17 世纪景德镇瓷器特展"。在上海的展览结束后，从 132 件展品中精选出 80 件瓷器于 2006 年 4 月至 6 月移师伦敦 V&A 博物馆展出。

在伦敦总共展出的 80 件瓷器中，有 40 件来自上博，另 40 件来自巴特勒家族藏品。展品时间跨度从明朝天启至清朝康熙中期，品种包括了这一时段内的青花、五彩、釉里红、青花釉里红及单色釉瓷器，其中不少器物为中国国内难得一见的作品。上海博物馆的不少展品亦属首次展出，尤其值得一提的是明末崇祯和清初顺治时期的作品中有些为孤品。不少崇祯、顺治时期的青花、五彩作品具有高超的艺术价值，而各个不同历史时期的器物上描绘了文学作品中的人物故事，使观众得以从特别的角度重温中国古代文学中的经典。展览还特别聚焦了外销瓷器，包括哈彻沉船所出器物，以展现 17 世纪中期景德镇瓷器的国际性特征。展览基于二十五年来关于 17 世纪中国瓷器的系统研究成果，将一个长期以来被忽视的时代重新揭示于世人面前，并为未来的学术研究指明方向。

42 来自上海博物馆珍宝展

中国驻挪威大使陈乃清女士（左五）在官邸会见上海博物馆代表团一行

媒体见面会上奥斯陆市长（左一）与上海博物馆副馆长顾祥虞（右二）热烈交谈

上博副馆长顾祥虞（左一）向奥斯陆市长介绍展览

挪威奥斯陆国立艺术、建筑和设计博物馆（2007 年 3 月 1 日至 5 月 20 日）

为促进上海与奥斯陆两个姐妹城市之间的友谊、进一步弘扬我国传统文化艺术的文化交流活动，上海博物馆应邀赴挪威奥斯陆举办"来自上海博物馆珍宝展"。展览共展出 90 件／组展品，分为青铜、陶瓷和玉器、金银器等工艺品三部分：第一部分通过不同品种的青铜酒器、食器、生活用具和装饰品，来呈现古代青铜器高超的铸造工艺、精美的纹饰和独特的器型；第二部分包括新石器时代陶器，原始青瓷，汉唐低温釉陶器，五代和宋代的官窑、定窑、钧窑、磁州窑、龙泉窑、当阳峪窑等著名窑口的产品，以及元明清时期景德镇的单色釉、釉下彩、釉上彩和各式釉彩的作品；第三部分诠释了中国古代玉的概念、介绍了玉器的功用及其反映的中国文化，同时也展出了一批呈现不同金属工艺的辽代金银器。

该展是中国古代文物第一次到挪威展览，挪威方面对此次展览分外重视，表现出高度热情。展览开幕前，奥斯陆市政府将挪威王宫前的主要干道卡尔·约翰大街两旁原来为庆祝国王生日悬挂的国旗全部换上了"来自上海博物馆珍宝展"的宣传广告，并印有大幅文物照片、营造出浓郁的中国艺术情调。国立艺术、建筑和设计博物馆还专门开设了介绍展览的网站，并与上海博物馆的网址进行了链接，在展览开幕之前，已有不少市民去电询问展览情况，表达了参观展览的强烈愿望，整个展览期间，观众多达 33216 人次。

3 月 1 日下午 6 时，展览隆重开幕，挪威各界人士、各国驻挪威大使等 200 余人参加了开幕式。与会者对上海博物馆的展品无不称赞有加，认为这是奥斯陆多年来引进的最有影响力的外国展览，展品之精前所未有，同时，他们对中华民族古老而悠久的文明表达出由衷的赞叹。

展厅场景

43 上海博物馆珍藏展

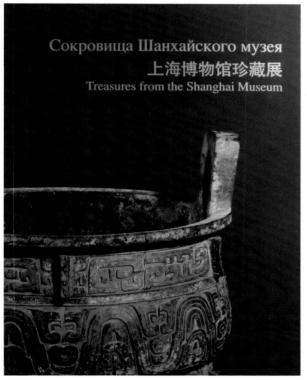

展览图录封面

明嘉靖　景德镇窑五彩鱼藻纹罐

俄罗斯国立艾尔米塔什博物馆（2007 年 6 月 15 日至 9 月 23 日）

　　为进一步加强中国同俄罗斯两国之间的文化交流，在 2007 年俄罗斯"中国年"、圣彼得堡"上海周"活动框架下，上海博物馆应邀于 2007 年 6 月 15 日至 9 月 23 日，赴艾尔米塔什博物馆举办"上海博物馆珍藏展"。上海博物馆提供中国古代艺术品 94 件，包括 24 件工艺品、39 件瓷器和 31 件青铜器；另有一组辅助展品 19 件，包括近现代文房四宝和古画复制品。

　　此次展览内容器类多样，时间跨度从公元前 21 世纪到公元 18 世纪，包括了中国古代玉器与金银器、陶瓷和青铜器，并还原了一个中国古代文人书房陈设，向俄罗斯观众展现了丰富多彩的中国古代艺术，充分彰显了中国传统文化的精神内涵。艾尔米塔什博物馆馆长米哈伊尔·皮奥特罗夫斯基在前言中说到，作为 50 年来在冬宫举办的第一个来自中国的展览，此次展览就展品的质量和数量而言，可谓"赠予俄罗斯人民真正的中国文化盛宴"。

　　6 月 15 日展览隆重开幕，上海市副市长唐登杰、上海博物馆馆长陈燮君、艾尔米塔什博物馆馆长米哈伊尔·皮奥特罗夫斯基分别致辞。圣彼得堡市文化官员及各界来宾三百余人参加了开幕仪式。皮奥特罗夫斯基馆长表示，此次展览的成功举办将成为两馆之间文化、艺术及学术交流的良好开端，并提出与上博建立一项为期五年的长期合作交流计划。

　　此次展览的举办引起了俄罗斯中国古代艺术专业研究人员和普通观众的极大兴趣，展览期间好评如潮，成为"上海周"活动的一大亮点，也是中国博物馆首次在艾尔米塔什博物馆举办展览。6 月 26 日，中俄互办国家年圣彼得堡"上海周"组委会来信感谢上海博物馆精心策划组织，为"中国年·上海周"活动的成功举办做出了重要贡献。

44 上海博物馆藏中国古代
青铜器展

上海博物馆副馆长陈克伦在展览现场

荷兰格罗宁根博物馆（2008 年 2 月 3 日至 11 月 10 日）

2005 年 2 月，荷兰格罗宁根博物馆馆长 Kees Van Twist 一行到访参观了上海博物馆，随后来函表达了合作意愿，邀请上海博物馆赴荷兰举办馆藏展览。2005 年 4 月和 2007 年 3 月，Kees Van Twist 两次到访上海博物馆，与馆长陈燮君及青铜部主任周亚等一同挑选展品目录，商讨展览细节。上海博物馆应其邀请，于 2008 年 2 月 3 日至 11 月 10 日赴荷兰举办"上海博物馆藏中国古代青铜器展"。此次展览也是庆祝上海与荷兰格罗宁根结成友好城市 14 周年活动。展品为上海博物馆藏 61 件／组夏代至西汉时期中国古代青铜器及陶范法铸造青铜觯示意模型一套。

在展览开幕式上，荷兰格罗宁根博物馆馆长 Kees Van Twist 表示，上海博物馆精美绝伦的青铜器收藏让人叹为观止，此次展览精选出的青铜精品让欧洲的艺术爱好者有机会近距离欣赏中国古代艺术，并且期待未来与上海博物馆能有更多的展览交流，继续促进上海和格罗宁根两座友好城市人民之间的相互理解和友谊。

战国晚期　镶嵌几何纹方壶

45 中国古代城市文明与礼仪文化
——中国青铜玉器展

开幕剪彩

傅莹大使在开幕式上致辞

萨拉·布莱曼女士为"上海周"致辞

英国伦敦大英博物馆（2009 年 1 月 29 日至 3 月 27 日）

"中国古代城市文明与礼仪文化——中国青铜玉器展"是上海市政府 2009 年为英国伦敦"中国年·上海周"举办的一项活动。大英博物馆提供该馆一层约 500 平米、改建自威尔士王子藏书室的永久藏品陈列室为展厅，并邀请牛津大学教授罗森夫人参与展览策划。展览以中国古代奢侈品为主题，展品涉及早期的青铜和玉器，兼以陶瓷和绘画等多个门类，共 59 件／组直观诠释中国古代文明与礼仪。此次文物展是上海博物馆首次赴大英博物馆展览。

中国驻英国大使傅莹，英国王室成员格洛斯特公爵夫妇，多位英国下院议员，伦敦市三位副市长、英国外交部高级官员、大英博物馆馆长及董事，维多利亚和阿尔伯特博物馆馆长，牛津、剑桥大学著名教授等在内的 200 多位中英双方政府、文物界、学术界、演艺界和媒体出席了伦敦"上海周"暨"中国古代城市文明与礼仪文化——中国青铜玉器展"开幕式。70 多家中外主流媒体对这一展览进行大幅报道，包括 BBC、PA 通讯社、《泰晤士报》《欧洲华尔街日报》《金融时报》等。展览期间，观众多达 30000 人次。

展厅场景

46 秦汉—罗马文明展

展览图录封面

意大利米兰王宫博物馆（2010 年 4 月 15 日至 9 月 5 日）
意大利罗马元老院遗址和威尼斯宫国立博物馆（2010
年 11 月 18 日至 2011 年 2 月 6 日）

2010—2011 年是意大利"中国文化年"，作为中国与
意大利政府间第一个文物交流合作项目，"秦汉—罗马文
明展"为 2010 年意大利中国文化年正式拉开帷幕。

此次展览是由中国国家文物局和意大利文化遗产部共
同主办的重要文化交流合作项目，分别在北京中华世纪坛
博物馆、洛阳博物馆、意大利米兰王宫博物馆、罗马元老
院遗址和威尼斯宫国立博物馆展出。展览由中国文物交流
中负责承办，中意双方精选了秦汉时期与古罗马文明时期
的 489 件 / 组展品，中方提供 211 件 / 组，包括一级文物
113 件，涉及文博单位 60 家。意方的 278 件 / 组展品来
自意大利罗马、那不勒斯、庞贝等地区十余家博物馆。展
览生动再现了公元前 3 世纪到公元 2 世纪之间，分别雄踞
世界东西的秦汉、罗马帝国的辉煌文明，通过珍贵文物、
模型、图片、视频等的巧妙组合，铺陈出浩瀚的历史画卷。
这次展览的规模、展品数量、经费投入和运作模式都是空
前的。在威尼斯宫展出时，意大利总统纳波利塔诺也专程
前往参观。

上海博物馆为此次展览提供了一件非常重要的音乐文
物：新莽时期的无射律管。律管是古代音律制度的标准器，
"无射"为古代十二律中的第十一律。其上有铭文两行"无
射始建国元年［正月］癸酉朔日制"，其中"正月"两字残失，
系根据同时代其他器物上铭文补正。

新莽　无射律管

47　上海博物馆明清官窑瓷器展

展览图录封面

清　景德镇窑粉彩百鹿尊

荷兰海牙市立博物馆（2011 年 4 月 16 日至 10 月 23 日）

　　2008 年 6 月，荷兰收藏家倪汉克（Henk B. Nieuwenhuys）先生向上海博物馆捐赠其家族所藏近 100 件中国明清外销瓷器及一件胡桃木玻璃柜，丰富了上海博物馆外销瓷器的收藏。为表感谢，在倪汉克先生的牵线下，上海博物馆应邀于 2011 年 4 月 16 日至 10 月 23 日在海牙市立博物馆举办"上海博物馆明清官窑瓷器展"，展出了 100 件明清官窑瓷器和 2 件清代织物。以百件精美官窑器珍品整体集中亮相国外，这在上海博物馆尚属首次。

　　此次展览是上海博物馆与荷兰海牙市立博物馆的第一次合办展览。作为荷兰最大的博物馆，海牙市立博物馆拥有丰富馆藏，其收藏重点是现当代艺术作品，包括蒙德里安、莫奈、毕加索等世界级现代艺术大师。此外，海牙市立博物馆还收藏有丰富的服饰、银器、瓷器、家具等。倪汉克先生正是在海牙市立博物馆的建议下，决定向上博捐赠其家族所藏瓷器。

　　中荷两国在历史上有过重要的经济往来和文化交流，中国贸易瓷器已成为中国和荷兰两国之间悠久历史文化交流的重要见证。此次展览有助于加深西方观众对中国瓷器艺术的了解，延续中荷两国源远流长的瓷器情缘和传统友谊，实现共同促进中荷两国文化交流的美好愿望。中国驻荷兰大使张军出席了展览开幕式。

展览场景

48 描绘中国：15 世纪至 20 世纪的叙事以及人物画

展览图录封面

明代 郭诩《人物册》

爱尔兰都柏林切斯特比替图书馆（2010 年 1 月 28 日至 5 月 2 日）

2009 是中国和爱尔兰建交 30 周年，这 30 年见证了两国关系健康、稳定和快速的发展，各方面交往与合作全面深入开展。"描绘中国：15 世纪至 20 世纪的叙事以及人物画"一展就是在这一背景下，由都柏林切斯特比替图书馆和上海博物馆联合举办的。展出的 38 件 / 组绘画作品均来自上海博物馆收藏。展览的策划选题考虑了如何让中国绘画的技法、理念更易于为海外观众所理解和接受，因此选取了中国传统画中更具象的故事和人物题材，内容涉及神话、传说、宗教、民俗等多方面，时间跨度从 15 世纪至 20 世纪，其中包括明代安正文《黄鹤楼图》轴、崔子忠《云中玉女图》轴、尤求《汉宫春晓图》卷以及清代黄慎《苏武牧羊图》轴、任颐《风尘三侠图》轴等明清名家名作。

2010 年 2 月 11 日晚，展览开幕，爱尔兰总统麦卡利斯、都柏林市长科斯特洛、外交部助理秘书长内亚里和爱尔兰各界代表，中国驻爱尔兰大使馆刘碧伟大使夫妇、部分驻爱尔兰使节及华侨华人代表等 300 余人出席了活动。

麦卡利斯总统发表了热情洋溢的讲话并亲自为展览揭幕。她称赞展品精美绝伦，是中国绘画艺术的精髓，此次展览是爱尔兰民众了解东方艺术、了解中国的一个极好的机会。

开幕式前，麦卡利斯总统接见了上海博物馆代表团，随后在策展人马潇鸿博士和上海博物馆代表李维琨研究员的陪同下参观了"描绘中国"的展览，并在开幕式讲话中向出席者推介展览。

我国驻爱尔兰大使馆刘碧伟大使夫妇在 2 月 8 日晚，设宴招待代表团成员和切斯特比替图书馆理事会成员。

此展观众人数共计 44064 人次。

49 海上画派（1840—1920）
——上海博物馆绘画和书法作品展

法国巴黎赛努奇博物馆（2013年3月7日至6月30日）

经过四年左右的精心准备，上海博物馆与巴黎市赛努奇博物馆联合策划并举办了这次"海派名家书画展"，赛努奇博物馆是专业的亚洲艺术博物馆，具有丰富的中国艺术收藏。展览遴选了具有代表性的书画作品50件／组，篆刻4件／组。

展览反映了"海上画派"各个发展时段，从江南余脉、任氏家族、赵之谦、虚谷、任伯年、钱慧安和吴友如、吴昌硕等七个方面展示19世纪末江南一带（包含南京、扬州、杭州）画家在上海经历的文化变革、推动艺术多样化的成就以及在绘画技法上的创新实践，便于观众比较全面地鉴赏海派艺术家的独特艺术成就与风采。

中国驻法兰西共和国大使馆公使衔文化参赞吕军及其夫人，巴黎中国文化中心主任殷福，赛努奇博物馆馆长克里斯蒂娜·清水与中法各界嘉宾出席了展览开幕式。吕军称赞"上海博物馆带来巴黎的都是书画精品，反映了中国传统艺术与西方艺术的交流和融合"。

赛努奇博物馆外景

工作人员在布展

展厅内观众

上海博物馆书画研究部主任、研究馆员单国霖（左二）为中国驻法公使衔参赞吕军（左一）等嘉宾介绍展品

展厅内场景

50 明：皇朝盛世五十年（1400—1450）

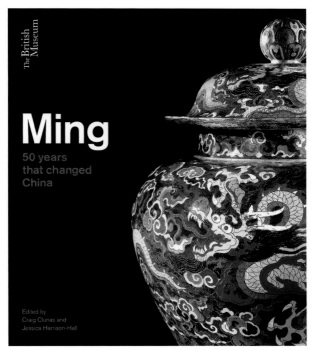

展览图录封面

展览宣传海报

英国大英博物馆（2014年9月15日至2015年1月5日）

此次展览由牛津大学艺术史系教授柯律格（Graig Clunas）和大英博物馆高级研究员霍吉淑（Jessica Harrison-Hall）联合策划。这个策划时间长达五年的展览以"对外交流"为主线，主要聚焦于明朝初年鼎盛时期的五十年，从"宫""武""文""教"和"朝贡"五个主题反应当时明王朝的宫廷生活、军事文化、人文艺术、宗教信仰和外交贸易等历史面貌。

展览以明开国皇帝明太祖朱元璋驾崩到建文四年"靖难之变"（1399—1402）为开端，以1449年"土木堡之变"正统皇帝朱祁镇被俘为终篇，展品年代跨越四位皇帝的统治时期，包括永乐（1403—1424）、洪熙（1425—1426）、宣德（1426—1435）及正统（1436—1449）。在这50年中，紫禁城开始营建，北京也从此成为中国的政治中心。明朝是当时世界最大的经济体，早在哥伦布出生前，永乐皇帝就派郑和七次"下西洋"，开拓了中国的航海史。从1405年到1433年前后，郑和的船队出使东南亚、南亚、中东，最远到达过非洲，郑和从异域带回的奇珍异宝也出现在明朝的艺术作品中。虽然这一时期的中国历史很少为海外观众所了解，但是从表现域外奇兽的画作、伊斯兰风的青花瓷、流通海外的钱币、绘有青花瓷的油画，观众可以看到15世纪时期中国与世界的交流。展览也体现了深厚的历史背景，为英国观众提供了丰富的历史知识和重大事件介绍，策展人霍吉淑强调本次展览"并非纯粹的珍宝展览，而是历史片段的真实体现"。

除了海外机构，本次展览从10家中国境内博物馆挑选精品文物108件，文物交流中心为中方总协调人，参展的境内博物馆有：中国国家博物馆、首都博物馆、故宫博物院、上海博物馆、山东博物馆、湖北省博物院、四川博物院、南京博物院、南京市博物馆、山西博物院。上海博物馆借展了大明通行宝钞三十文钞版、明代沈度铭端砚、明宣德景德镇窑琴棋书画仕女图罐、明宣德景德镇窑青花花卉纹八角烛台、谢缙《云阳早行图》轴、戴进《金台送别图》卷、边景昭《春禽花木图》轴共7件珍贵文物。

2014年9月16日晚，中国驻英国使馆临时代办倪坚，刘晓明大使夫人胡平华女士，英国商业、创新与技能大臣凯布尔，大英博物馆委员会主席兰伯特爵士、馆长迈克格雷格，赞助单位英国石油公司主席斯万伯格以及中国文物交流中心副主任周明等中英两国各界人士共350余人出席了展览开幕式。刘晓明大使在贺信中指出："明：盛世皇朝五十年（1400—1450）"展览是中英文化合作的典范，展览将进一步巩固大英博物馆与中国博物馆、文化艺术机构的友好合作，成为深化中英文化交流的"新里程"，是一次国际文化交流的盛会。英国《卫报》（*Guardian*）、《金融时报》（*Financial Times*）、《亚洲艺术报》（*Asian Art Newspaper*）等主流媒体都对展览做了积极报道。

观众参观场景

展厅内场景

明宣德　景德镇窑青花花卉纹八角烛台

51 上海博物馆藏中国古代瓷器珍品：10—19 世纪

威尼斯宫国立博物馆（红色建筑）外景

展览请柬

意大利罗马威尼斯宫国立博物馆（2016 年 6 月 16 日至 2017 年 2 月 16 日）

2010 年 10 月 7 日，中国国家文物局与意大利共和国文化遗产与活动部共同签署了《中华人民共和国国家文物局与意大利共和国文化遗产与活动部关于促进文化遗产合作的谅解备忘录》，并实施举办"中华文明系列展"。"上海博物馆藏中国古代瓷器珍品：10—19 世纪"是这一系列展览中的第四个。

整个展览分为瓷器的繁荣、官窑瓷器的崛起和发展、瓷器的巅峰三部分，并从 10—19 世纪瓷器的整体发展轨迹和典型面貌、功用和技术流变三个角度来诠释官窑瓷器之美。上海博物馆除提供 76 组中国古代官窑瓷器精品外，还特地制作了传统制瓷工艺视频现场播放，并印制展览图录在开幕式上赠送嘉宾。

中国驻意大利大使馆代办亓菡女士和文化参赞张建达、意大利文化部文物司司长乌戈·索拉尼（Ugo Soragni）等近百人参加开幕式。中国和意大利多个主要媒体对展览进行了报道，高度赞扬展览的精彩成功。

展览深受意大利观众的欢迎，吸引观众达 40000 人次。该展获评第十四届"银鸽奖"。

开幕式主要嘉宾合影

开幕式现场来宾

展厅场景

展厅场景

新华网 6 月 22 日报道

CRI 在线报道

52 中国和埃及：世界的摇篮

展览图录封面

工作人员合影

德国柏林国家博物馆下属埃及博物馆和莎草纸文稿收藏馆（2017 年 7 月 6 日至 12 月 3 日）

　　2017 年 5 月，在北京举行中德高级别人文交流对话机制首次会议上，上海博物馆与德国柏林国家博物馆在国务院副总理刘延东和德国副总理加布里尔的见证下签署合作协议，确定了两馆当年合作展览的相关形式和内容。埃及博物馆是柏林国家博物馆下属的 15 家博物馆之一，位于柏林博物馆岛新博物馆内。

　　该展览创新性地将古埃及和中国两种文明的文物，系统地陈列在一起展览，从而探索中埃文明发展的源流，呈现出两者不同的演进与变迁，让观众更直观了解两个社会对人类历史发展的深刻影响。展览分"文字""统治""信仰""日常生活"和"葬仪"五个部分，时间跨度从公元前 2400 年到公元 4 世纪，展品合计超过 250 件 / 组。其中上海博物馆与徐州博物馆共提供 136 件文物和 4 套辅助展品。

　　古代埃及与古代中国虽然鲜有交集，却在当下国际合作的语境下实现了跨时空的对话。这次由上海博物馆与德国柏林国家博物馆合作举办的展览，不仅带来了中埃两大古文明穿越时空的交响，也为德国观众提供了一扇了解中国和埃及古代文明的窗口。这也是上博首次在出境展览中将中外文明对比演绎，为观众带来更宏大的历史视角。

　　开幕式当天，埃及驻德大使巴达尔·阿布德拉提、中国驻德公使衔文化参赞陈平等嘉宾莅临现场。展览得到了德国三十多家主流媒体的报道和评论。展览亦深受德国观众的喜爱，共吸引观众超过 30 万人次。

展览宣传海报

杨志刚馆长（右）陪同驻德参赞陈平（左）参观展览

当地民众参观特展的热情高涨

相关媒体报道

53　来自上海博物馆的珍宝

雅典卫城博物馆外观夜景

希腊雅典卫城博物馆（2017 年 10 月 28 日至 2018 年 4 月 30 日）

作为"中希文化交流年"框架内的重要活动，上海博物馆携子仲姜盘和《清江行旅图》两件重要馆藏亮相希腊雅典卫城博物馆。这是上海博物馆首次与希腊的博物馆合作。

早在 2015 年，在上海市翁铁慧副市长及希腊外交部和文化部官员见证下，上海博物馆杨志刚馆长与希腊卫城博物馆馆长迪米特里奥斯·潘德马利斯在雅典共同签署两馆合作备忘录，本次展览就是在此框架下成功实现的第一个合作项目，也是卫城博物馆新馆建成以来的第一个中国艺术展览。

2016 年 12 月，雅典卫城博物馆馆长潘德马利斯亲自来沪挑选文物，他选中了造型充满想象、代表中国古代青铜铸造工艺的春秋早期子仲姜盘，和代表东方独特绘画形式以及中国"天人合一"思想的清吴宏《清江行旅图》。

展览期间，上海博物馆派出两位专业人员，在展览现场向希腊观众展示、解说不同书法书体的书写和中国传统绘画技艺，引发现场"围观"，希腊观众得以亲眼目睹水、墨、纸、笔在艺术家的掌控下产生美妙的组合和变化。

作为交流，2018 年 1 月 11 日至 4 月 8 日，雅典卫城博物馆同样以两件重要馆藏文物在上海博物馆举办"典雅与狂欢：来自雅典卫城博物馆的珍宝"展。这两项"小而美"的展览在双方的精心策划下，为两地观众带来了亲近的观展体验，展现了两馆推动文明互鉴、民心相通的共同愿景。

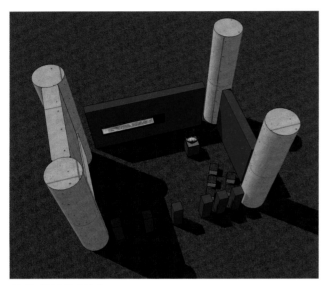

展览现场效果图

春秋早期　子仲姜盘

上海博物馆专家现场展示中国书法与绘画技艺

展览图录封面

克里姆林宫博物馆馆长叶琳娜·加加林娜（右）
在开幕式致辞

工作人员在布展中

俄罗斯莫斯科克里姆林宫博物馆（2018 年 4 月 16 日至 7 月 25 日）

　　莫斯科克里姆林宫博物馆是俄罗斯最重要的博物馆之一，馆藏丰富，以俄罗斯皇室的历代藏品最为知名。多年来，克里姆林宫博物馆与上海博物馆一直保持着友好往来，并开展了多个合作项目。经过多年的联络和筹备工作，上海博物馆于 2018 年赴克里姆林宫博物馆举办了"上海博物馆藏明代艺术珍品展"。

　　此次展览呈现了共 83 组 156 件展品，既有典雅名贵的官窑瓷器、古朴端庄的青铜器、华丽富贵的犀角器、千文万华的漆器、五色炫耀的丝织品，也有清逸脱俗的竹刻、简练优美的家具，还不乏上海本地考古出土的珍贵文物。展品种类多样，集观赏性和历史价值于一身，代表着明代工艺美术的杰出水平。展览分"文人书房""崇古生活""明瓷荟萃"和"古墓遗珍"四个板块，从多个维度、不同层面探讨明代文人对于艺术、文化和学识的追求与热情，向俄罗斯观众展示了明代社会文人士大夫阶层生活的方方面面，突出文人寄托于艺术品中的艺术追求和审美情趣，堪称一场中国传统文化的盛宴。此次展览是上海博物馆第一次在克里姆林宫博物馆举办展览，力求通过艺术与文化为两国人民民心相通、增进了解搭建起桥梁。

　　展览开幕式极为隆重，俄罗斯联邦政府副总理奥尔加·戈洛杰茨，俄罗斯总统顾问、环境和交通问题特别代表谢尔盖·伊万诺夫，中国驻俄罗斯大使李辉等贵宾出席活动并纷纷致辞。副总理奥尔加·戈洛杰茨女士在致辞中表示，"这次展览将成为中俄文化盛会中的一大亮点"。总统顾问谢尔盖·伊万诺夫说："克里姆林宫每年 270 万游客，其中有 170 万是中国游客，感谢上海博物馆为我们带来如此美好的展览。"李辉大使则指出，

"以展览为媒介的两国博物馆交流打造了跨越东西文明的一座桥梁"。

展览期间，俄罗斯各大主流报刊、新闻媒体和中国主流媒体都对展览进行了积极报道。克里姆林宫博物馆为此次展览的形式设计投入颇多，特地选用了醒目的中国红作为主色调，并设计制作了大量展览相关宣传资料，还在展览期间组织开展了丰富多样的配套观众教育活动，包含学术讲座、中国历史与文化课程、以及为各年龄段观众设计的文艺表演，帮助俄罗斯观众更直观地了解中华文明，吸引了不少俄罗斯观众前往博物馆参观、在社交媒体上积极参与话题互动。此次展览展期恰逢 2018 年俄罗斯世界杯，来自俄罗斯各个城市乃至世界各地的游客到访莫斯科，也为展览带来了不少的观众客流。

彩色釉陶仪仗俑队

教育活动现场

展厅内场景

展厅内场景

展厅内场景

55　中国芳香：古代中国的香文化

展览图录封面

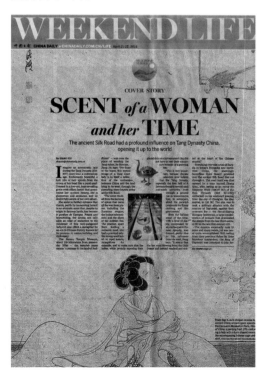

《中国日报》报道

法国巴黎赛努奇博物馆（2018 年 3 月 9 日至 8 月 26 日）

　　本展览以上海博物馆精心挑选的自战国时代至清代末期 91 件／组文物为主，包括青铜器，陶瓷器，漆器类的香炉、香薰、香盒、香筒、荷包等，以及明清时期与香文化相关的书画作品，配以巴黎赛努奇博物馆的 19 件亚洲艺术收藏。展览旨在全面展现古代中国人精致典雅的"香文化"，向法国观众全面展示古代中国人如何用香与品香，香如何融入皇室、庙宇和文人雅士的日常生活，同时展现中国香文化的变迁，再现两千年来中国工艺技术的发展与进步。

　　这是上海博物馆首次以中国"香文化"为主题举办展览。在浪漫之都巴黎举办有关香文化的展览，选题十分契合城市气质，可谓量身定制，但也十分具有挑战性。赛努奇博物馆馆长易凯表示，透过这些传世的艺术品，"法国和欧洲的观众将感受到中国香文化的悠长魅力所在，欣赏到古代中国工匠在青铜、漆器、竹刻上的精湛造诣"。

　　中国驻法国兼摩洛哥大使翟隽、巴黎市第一副市长 Bruno Julliar 先生等各界嘉宾 1200 多人出席了展览开幕式。该展在当地甚至在欧洲引起广泛关注，古老神秘的中国香文化展成为了巴黎文化界的一抹亮色。法国主流媒体均进行了报道，"折服"了深谙香之道的巴黎观众，吸引观众超 33000 人次。展览还与法国著名香水品牌迪奥合作，利用法国工艺还原多个中国古代香方，可以让观众在展厅现场试闻，带来视觉与嗅觉的双重感官体验，令展览"芳香"名符其实。

杨志刚馆长（右）和易凯馆长陪同翟隽大使（左）参观展览　　开幕式嘉宾在参观展览

展厅内场景

56 钱币的旅程：丝绸之路上的中国和匈牙利

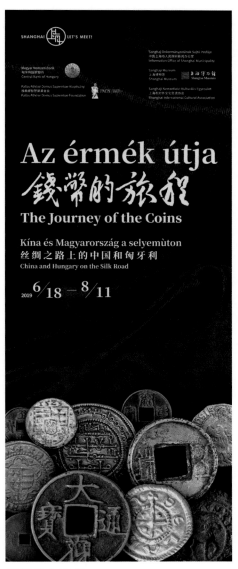

展览宣传海报

匈牙利布达佩斯雅典娜智慧屋（2019 年 6 月 18 日至 8 月 11 日）

  2019 年是中国和匈牙利建交 70 周年，也是布达佩斯和上海友城关系确立 6 周年。为此，上海博物馆和匈牙利中央银行下属钱币博物馆合作举办了展览"钱币的旅程：丝绸之路上的中国和匈牙利"。上海博物馆和匈牙利中央银行钱币博物馆分别提供中、匈钱币各 95 枚，中国钱币为铜币和纸币，时间跨度自公元前 6 世纪至公元 19 世纪，匈牙利钱币为金银铜三种材质，时间跨度为公元 11 世纪初至当代。展览呈现两国钱币的演变及其折射的历史事件，并探讨两国钱币在丝绸之路和 21 世纪全球化的趋势中的关联。最有趣的是，展览呈现了一幅由部分展品组成的二维码，向匈牙利观众介绍在当今中国社会广泛应用的移动支付，一睹中国信息科技的迅猛发展。

  本次展览还是 2019 年 6 月 18 日在匈牙利举办的中匈经济论坛开幕的配套活动之一。展览开幕当天，中国驻匈牙利大使段洁龙、上海市委宣传部副部长朱咏雷、匈牙利外交与对外经济部副部长毛焦尔、匈牙利中央银行副行长帕泰·米哈伊等贵宾都莅临现场，并对展览给予高度好评。国务委员兼外交部长王毅也在 7 月份出访匈牙利时参观了这个展览。

  共有 60 余家外方媒体、30 余家中国媒体、20 余家中外新媒体参与现场报道展览活动。展览观众达 40000 人次。

  此展获评上海市第十五届银鸽奖。

利用中匈钱币形象制成的"智慧之家"二维码,可现场扫码链接网上展览信息。

上海博物馆利用中匈钱币拼连起来的智慧之家二维码吸引匈牙利当地观众的眼球,当即纷纷扫码体验。

随展组在展览海报前合影

2019 年 6 月 18 日上海博物馆研究员王樾为匈牙利国家银行副行长帕泰介绍中国古代钱币

展览中的第一个展柜:中国和匈牙利各出 5 枚钱币对照展出

57 取材幽篁体
——中国竹刻艺术展

展览图录封面

列支敦士登国家博物馆馆外景

列支敦士登国家博物馆（2022 年 2 月 24 日至 2022 年 5 月 8 日）

为进一步加强中国与列支敦士登的文化交流，上海博物馆于 2022 年应邀赴支敦士登国家博物馆举办"取材幽篁体：中国竹刻艺术展"。

本展于 2022 年 2 月 23 日下午在列支敦士登国家博物馆隆重开幕，网上直播同步进行。在开幕式上，列支敦士登国家博物馆馆长雷诺·沃康摩尔（Rainer Vollkommer）致欢迎辞，中华人民共和国驻苏黎世兼驻列支敦士登公国总领事赵清华致开幕辞。上海博物馆馆长杨志刚通过视频方式致辞。列支敦士登国家博物基金会董事会副主席史蒂芬·巴特莱纳出席开幕式。

本次展览从上海博物馆的百万件馆藏中选取 60 件中国竹刻精品，时代从 17 世纪上半叶直至 20 世纪中叶，介绍中国竹刻艺术的历史成就、艺术特色与工艺特点，并通过竹刻这一极具中国民族特色的手工艺品种引导观众直观地接触由中国传统工艺与江南文人美学所构成的艺术世界。展览分为四个部分："工侔犀象"，介绍中国竹刻中与多种雕刻工艺——犀角雕、牙雕、玉雕、漆雕——间具有相互影响的作品，其风貌及独特成就；"艺参书画"揭示中国竹刻在汲取书法、绘画等典型中国文人艺术的造型语言方面之成功表现；"趣同金石"，展示中国竹刻创作中反映出来的清代中期以来成为流行风尚的金石艺术之审美影响；"材兼表里"，聚焦中国竹刻中特殊的两个品种——利用竹子表皮刻画纹饰的"留青"与利用竹子内层髓环作为器物表面装饰材料的"贴黄"工艺。

竹在中国传统文化中具有崇高地位，常常作为谦虚、正直、气节等"君子"所拥有的美德之象征。在中国艺术中，千百年来围绕着竹子的表现，诞生了无数优美的诗歌、绘画与音乐作品。在许多产竹的国家，人们都会在生产和生活中利用竹子作为工艺造物的材料，也会将之作为艺术表现的对象与寄托情思的载体，但以之为材发展成为高度发达的雕刻工艺，却为中华文明所独有。从这个意义上来说，竹刻艺术作为中国独有的一门雕刻艺术，拥有独具之工艺技法、独有之审美趣味和独立之文化品格，是博大精深的中国竹文化所结出的终极硕果。

此次特展是上海博物馆与列支敦士登国家博物馆履行合作办展承诺的第一步。在开幕式上，列支敦士登国家博物馆馆长雷诺·沃康摩尔表示希望这次展览能帮助欧洲观众更多地了解中国人民，相信参观者将乐于探索这些意蕴深厚的竹刻作品。时任上海博物馆馆长杨志刚表示，由于竹制品保存不易，竹刻艺术品的展出机会向来就较少，而如此上规模、成体系赴国外博物馆展出，在上海博物馆更是第一次。上海博物馆希望这个临展能够为欧洲及世界的朋友欣赏中国竹刻艺术打开一扇有益的门窗。目前，新冠疫情还在持续，人员往来受到阻碍，但博物馆馆际交流不能却步。基于双方的友谊和信任，此次展览布撤展均由上博专业人员以线上指导方式完成，上海博物馆的竹刻文物"飞越"千山万水抵达列支敦士登，为两地人民架起友谊的桥梁，搭设互学互鉴的文化平台。

本次展览接待观众约 3673 人次，《世界艺术》

（Weltkunst）杂志和列支敦士登主流媒体《人民报》（Volksblatt）等媒体对本次特展进行了报道。

《世界艺术》杂志上的报道

杨馆长开幕式视频致辞

列支敦士登国家博物基金会董事会副主席史蒂芬·巴特莱纳、中华人民共和国驻苏黎世兼驻列支敦士登公国总领事赵清华、列支敦士登国家博物馆馆长雷诺·沃康摩尔在开幕式上（从左往右）

展厅内场景

美洲地区

58   伟大的中国青铜时代

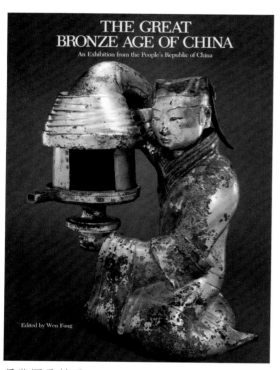

展览图录封面

展览图录内页

美国纽约大都会艺术博物馆（1980 年 4 月 12 日至 7 月 9 日）

美国芝加哥菲尔德自然历史博物馆（1980 年 8 月 20 日至 10 月 29 日）

美国沃斯堡金贝尔艺术博物馆（1980 年 12 月 10 日至 1981 年 2 月 18 日）

美国洛杉矶郡立艺术博物馆（1981 年 4 月 1 日至 6 月 10 日）

美国波士顿美术馆（1981 年 7 月 22 日至 9 月 30 日）

　　1978 年 12 月，中美两国签署了《中美建交公报》并于 1979 年 1 月 1 日正式生效，中美正式建交，标志着两国关系的进入新阶段，带来了经贸、科技、文化等领域更为频繁和深入的往来交流。"伟大的中国青铜时代"展览就是在此背景下，由中美两国文博机构与学者共同策划实施的一项里程碑式的中国古代文明大展。

　　展览共展出 105 件青铜器、玉器和陶器，展品来自中国国家博物馆（中国历史博物馆）、故宫博物院、陕西历史博物馆（陕西省博物馆）、上海博物馆、湖北省博物馆、山西博物院、安徽博物院、湖南省博物馆、江西省博物馆等 15 家博物馆和考古单位，汇集了近 30 年来中国出土文物之精华。展览跨越夏商周、春秋战国至秦汉两千多年的中国青铜时代，以时间为序分为青铜时代的开端、繁荣发展、商文化的传播、青铜艺术的经典时期（殷墟）、西周青铜器的创新、西周晚期青铜艺术的转变、春秋时期的变革、战国时期镶嵌技术、青铜时代的尾声以及秦始皇兵马俑共十个部分。展出的展品中有之前从未出借海外的二里头文化的青铜器和玉器，1975 年发掘出土的妇好墓青铜器和玉器，还有四羊方尊、利簋、何尊等具有重要历史意义和文物价值的青铜重器。春秋时期的展品则包括山西浑源李峪村出土的鸟兽龙纹壶和镶嵌狩猎纹豆、洛阳发现的齐侯盂等。"秦始皇兵马俑"单元则是应大都会艺术博物馆的特别要求，展出的是当时在秦始皇墓东侧发掘的陪葬军阵中几乎真实尺寸大小的八件陶制军官、士兵和战马，相当壮观震撼。除了表现中国古代青铜器的艺术特色和当时的重大考古发现，展览中的青铜器镶嵌工艺单元，则体现了中国古人不断追求技术革新以实现高水准艺术审美的非凡智慧。

上海博物馆参展的藏品有商代晚期亚𠨠方罍、西周仲义父罐、西周四虎镈、春秋晚期镶嵌狩猎画像纹豆、战国蟠虺纹鼎和春秋晚期鸟兽龙纹壶共六件。虽然上博参展文物并不是所有参展机构中最多的，但时任上海博物馆陈列研究部主任、后来担任上海博物馆馆长的马承源先生被国家文物局任命为展览的随展工作组组长，在美国工作近 8 个月，此番经历对于上海博物馆后来的发展和人民广场馆舍的建设也起到了关键的作用。

配合展览，大都会艺术博物馆出版了由普林斯顿大学方闻教授主编的图录，马承源、方闻、张光直、杜朴（Robert L. Thorp）为图录撰写学术文章，其中马承源撰写《灿烂的中国古代青铜器》一文。展览图录板块及文物说明由贝格利（Robert W. Bagley）、苏芳淑、何慕文（Maxwell K. Hearn）撰写。每件展品均有详细的说明文字，并配以彩色照片，对一些纹饰细部还做了局部放大呈现，尽可能体现展品的纹饰之精与质感之美。图录中还附有大量的线图、纹饰和铭文拓片、出土现场照片、地图、时代年表以及类似器物的对比照，可见中美两国学者对展览的精心策划和全情投入。1982 年，该图录荣获美国艺术史学界重要出版奖项 Alfred H. Barr, Jr. 奖。

1980 年 6 月 2 日至 3 日，大都会艺术博物馆还举办了"中国青铜器时代"学术研讨会，海内外 300 余名学者专家出席。中国著名考古学家、中国社会科学院考古研究所所长夏鼐发表《湖北铜绿山古铜矿的发

商代晚期　妇好鸮尊　河南博物院藏

春秋晚期　鸟兽龙纹壶

掘》，马承源发表《商周青铜双音钟》一文，参会的还有中国社会科学院考古研究所所长张长寿、中国社会科学院历史研究所张正烺等知名学者。无论是研讨会的参与人数还是学术规格都盛况空前。

　　展览在美国纽约、芝加哥、沃斯堡、洛杉矶、波士顿五座城市巡展一年半，所到之处均受到当地民众的热烈欢迎，获得了极大的成功，仅在纽约一地就接待了33万名观众，美国前总统尼克松还在马承源的陪同下参观展览。

　　"伟大的中国青铜时代展"能够在一段具有重要意义的时期举办，以几乎无法复刻的高规格展品与高质量制作，在一个国家巡展长达一年多，很多当年参与此项展览工作的青年学者也在后来成长为国际艺术史与考古学领域的资深学者。展览的成功举办不仅实现了中美参展各方的共同愿景，为当地民众留存下美好的回忆，更重要的是它极大地推动了国际学界对中国古代艺术的研究与推广，从这意义上说，展览本身也堪称"伟大"二字。

马承源陪同美国前总统尼克松参观展览

1980年6月，马承源（左一）参加美国纽约大都会博物馆召开的"中国青铜时代学术讨论会"，与张政烺（左二）、张光直（右一）、夏鼐（右二）在哈佛大学图书馆前合影

59　上海博物馆珍藏
——六千年的中国艺术展

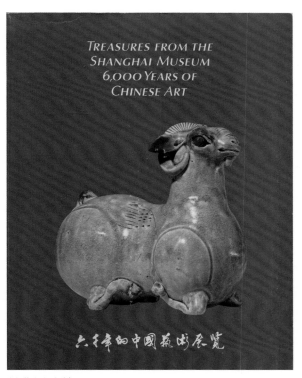

展览图录封面

展览宣传报道

美国旧金山亚洲艺术博物馆（1983 年 5 月 4 日至 9 月
30 日）

美国芝加哥菲尔德自然史博物馆（1983 年 11 月 5 日
至 1984 年 2 月 14 日）

美国休斯敦美术博物馆（1984 年 3 月 16 日至 7 月 9 日）

美国华盛顿国家自然史博物馆（1984 年 8 月 11 日至
11 月 30 日）

1980 年 1 月 28 日，上海市副市长赵行志与旧金山市
市长黛安·范士丹签署两市建立友好城市协议书，上海与
旧金山成为中美双方首次缔结的姐妹城市，两市初步达成
意向，由上海博物馆组织一场大型展览在旧金山亚洲艺术
博物馆举办。

经过两馆的共同策划组织，"上海博物馆珍藏——
六千年的中国艺术展"（以下称"六千年展"）在 1983 年
5 月开启了美国四地的巡展。这项展览对于上海博物馆有
特别的意义，与之前的"中国出土文物特展"和"伟大的
中国青铜时代"由国家文物局牵头组织不同，此次展览是
上海博物馆首次在北美地区独立举办的展览，上海博物馆
也成为首家在美国独立办展的中国大陆博物馆。

这个展览是在美国第一个全景式展示中国艺术发展脉
络的展览，紧扣"六千年"之题眼，展出的 232 件文物跨
越从良渚文化到二十世纪初的六千年时光，包括良渚文化
玉琮、商晚期父乙觥、西周德鼎、元景德镇窑青花缠枝牡
丹纹瓶、隋代阿弥陀佛三尊铜像等馆藏历代重器，文徵明、
陈淳、朱耷、髡残等明清书画家名作，还包括徐悲鸿、潘
天寿近现代艺术家作品和 20 世纪工艺品。展览比较难得是
呈现了上海地区的考古发现，涉及崧泽、良渚、马桥文化
遗址以及春秋战国时期出土的陶器、玉器、青铜器等，让
观众得以在一个展览中游览中国艺术六千年。

1983 年 5 月 3 日，旧金山亚洲艺术博物馆举办了盛大的开幕式，时任上海市市长汪道涵与旧金山市市长戴安·范士丹出席并致辞剪彩。两位市长为展览致辞，他们都在致辞中提到上海与旧金山是中美两国首次缔结的姐妹城市，展览的举办见证了上海与旧金山两市已经建立起来的友好交流机制的有效工作，同时也体现了中美两国人民对增进了解、加深往来的共同期待，正如范士丹市长在致词中所说，希望两市和两国之间的友谊桥梁"能将浩瀚的太平洋缩短为一条缓缓的溪流"。

各巡展地也都为展览做了精心的筹备。旧金山亚洲艺术博物馆为展览安装了 12 个定制有机玻璃橱和展柜，特别为一套明代 66 件陶俑仪仗队定做了一只长达 24 英尺的展橱。旧金山亚洲艺术博物馆还邀请沈之瑜

工作人员在布展

馆长做"中国伟大的青铜艺术"讲座，有 200 多名当地观众参加。在芝加哥展出时，馆长奈弗林（Lorin I. Nevling）亲自带队组建特别工作队，并在展馆中设立了"上海中心服务台 Shanghai Central"，专卖上海展门票、解答观众疑问、播放展览影片，博物馆还专门为漆木器和书画特制了温控展柜。奈弗林馆长说"这是仅次于'埃及图坦卡蒙展'的耗资最昂贵的展览"。展览巡展到华盛顿时，史密森学会国家自然历史博物馆为展览举办了 13 场讲座、不下 30 场活动，展期恰逢中秋，博物馆还举办了武术、书法、折纸、舞狮等中国传统艺术的表演庆祝中秋佳节。

展览在各地受到热烈欢迎，所到之处都成为当地的盛大活动，营造了友好、温馨、喜庆、节日般的氛围，四地巡展共有 83 万余名观众参观。

展览的成功也得益于报道宣传上抢占先机和强劲有力，尤其在展览的首站旧金山，前期宣传在展览开幕前一年就已提前启动。仅在旧金山一站，就有美国、法国、意大利、中国香港等 42 家国内外媒体进行了报道，录得 2000 余份剪报，甚至波多黎各的西班牙语报、日本的朝日新闻、德国的报纸等其他国家、其他语种的媒体也竞相报道。

这个展览与同时在美国巡展的"中国古代传统技术展"，被媒体称为在美国当地刮起两股强劲的"中国风"，并获得了美国城市关系协会和读者文摘基金会在第廿四届姐妹城市国际年会上颁发的"艺术特别成就奖"。在芝加哥展出时，《太阳时报》艺术评论家克里斯多夫·莱恩在评论文章中把上海博物馆比作巴黎的卢浮宫，"中国的'卢浮宫'为美国人民带来了六千年的中国艺术"。展览在美引发"中国热"，许多观众尤其是学生在参观展览后都表示十分向往中国。"六千年的中国艺术展"也开启了上海博物馆与美国文博机构在之后的 40 年里，在策划展览、人员培训、文保修复、学术研究等各领域全面深入的交流交往。

60　中国文人书斋
——明末艺术家的生活展

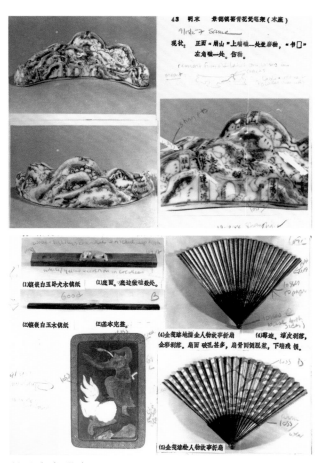

展品点交册内页

美国纽约亚洲协会美术馆（1987 年 10 月 13 日至 1988 年 1 月 3 日）

美国西雅图艺术博物馆（1988 年 2 月 4 日至 3 月 27 日）

美国华盛顿赛克勒美术馆（1988 年 5 月 1 日至 6 月 26 日）

美国堪萨斯纳尔逊－阿特金斯艺术博物馆（1988 年 7 月 23 日至 9 月 25 日）

　　为了发展中美两国之间的友谊，加深美国人民对中国艺术的理解和开展博物馆之间的交流，上海博物馆应美国亚洲协会的邀请，于 1987 年 10 月至 1988 年 9 月在美国纽约、西雅图、华盛顿、堪萨斯四地举办"中国文人书斋——明末艺术家的生活展"。展览题材新颖，共展出陶瓷、青铜、玉器等 90 件文物。展览内容分为：文人画的渊源、院体画和文人画的区别、各种文人艺术之间的关联、社会理想和精神理想、17 世纪文人和艺术家和往昔的联系、一种新型的城市文化等，还在展厅中复刻了文人书斋的陈列样貌，让美国观众能够走近中国古代文人，了解他们的价值观与生活风格，感受中国艺术之美。展览在四地均获得了美国观众和媒体的普遍欢迎和一致好评，参观人数屡创新高，被纽约亚洲协会认为是"十年来中美文化交流中最重要的合作项目"。

　　展览自设想、策划、谈判，到达成协议，最后在纽约作为首站展出，前后将近三年时间。在这期间中美双方都已做了充分的准备。亚洲协会美术馆为此次展览做了大量的宣传工作，以至于展览于纽约开幕前就受到了美国媒体的广泛关注和当地观众的高度期待。

　　1987 年 9 月，中国驻联合国常驻代表团李鹿野大使为展览举行新闻招待会，邀请纽约市长郭德华、世界著名设计师贝聿铭、纽约公共图书馆主席、纽约时报记者、堪萨斯纳尔逊－阿特金斯艺术博物馆馆长、西雅图美术馆业务部主任、MBC 新闻主持人、知名学者作家等 600 多人。这是纽约市长首次参加亚洲协会的展览招待会。会上，李鹿野大使致欢迎辞，纽约市长郭德华讲话并祝贺上海博物馆的中国文人书斋展览来美展出，希望今后中国多来此类展览，继续推动中美文化艺术交流。

展览于 1987 年 10 月 13 日至 1988 年 1 月 3 日在纽约亚洲协会美术馆首秀，备受瞩目。为了让陈列达到理想的效果，亚洲协会美术馆打破惯例，将其永久性陈列的洛克菲勒捐赠的文物全部撤除，上下两层全部用于这个展览的布置，大大扩大了展陈面积。展览期间，亚洲协会还举办了八次面向公众开放的学术讲座，介绍和宣传中国文化的各个方面。大都会艺术博物馆远东部特别顾问屈志仁赞叹道，"让看惯了各种展览的纽约人眼目为之一新"。

纽约各大报纸、杂志、电台和电视台均有展览开幕的新闻和影像播出，其中，《纽约时报》多次刊登特写和评论，四次登载展览宣传广告。在不到三个月的展期内，观众多达 12797 人次，为亚洲协会美术馆开馆以来观众最多的一个展览。

西雅图艺术博物馆作为巡展的第二站，对这个展览给予了高度重视，进行了多方面的宣传工作，印制了大量展览及展品宣传品，邀请了当地西雅图邮报等各大报社记者和广播电台、电视台进行采访，发布展览开幕预告等，引起了文化界和当地观众的浓厚兴趣。展览期间，西雅图艺术博物馆每周举行一次学术讲座，邀请美国著名学者、教授就展览内容和中国文化艺术等主题进行专讲，同时还在博物馆大厅举行中国书法展示、中国音乐欣赏和舞狮表演等活动，为宣传中国优秀传统文化再增助力。在近两个月的展期内，观众人数达 37255 人次，观众普遍对展览的艺术性和教育性给予了高度评价，称赞其为西雅图人民带来了一场中国艺术的盛宴。

巡展第三站在华盛顿赛克勒美术馆举行。赛克勒美术馆是史密森尼学会当时新建的致力于东方艺术的博物馆，这个展览是其开馆以来举办的第一个馆外特展。在开幕前长达一个月的时间里，赛克勒美术馆进行了细致缜密的展品布置工作，陈列效果精美持重、儒雅潇洒，充分体现了明末文人的风格，特别是展览引首的书斋，完全以明代书斋复原，文房陈设齐全，深受观众喜爱，被认为比前两站有了优化和提高。展览期间，赛克勒美术馆邀请有关专业学者举办了四次专题讲座，还组织了古琴音乐会、中国文学讲座、中国插花艺术等多种中国文化艺术宣传活动。

值得一提的是，1988 年 5 月 4 日，美国联邦新闻署组织了一次电话会议，通过北京、上海、华盛顿三座城市的对话，以"中国文人书斋展"为重点，讨论赛克勒美术馆的艺术活动和中美文化交流。这种节目在中美文化交流活动中尚属首创。会议的北京方面为美国驻华使馆文化官员、故宫博物院、中央美术学院、文物出版社等单位代表，上海方面为上海市人民政府外事办公室、上海电视台、上海博物馆等单位代表，华盛顿方面则由赛克勒美术馆中国艺术部主任傅申博士和上海博物馆随展组组长、陶瓷工艺部副主任朱淑仪参加。会议上，三方问答精彩，气氛热烈。会议录音还通过美国之音专栏节目广播，将展览信息传播到各地，扩大了展览影响力。

展览在华盛顿收到了广泛欢迎，吸引了国会议员、

展览宣传资料

政府官员、外交使团、文化艺术界人士以及华盛顿亚洲协会、华盛顿艺术爱好者协会、弗吉尼亚艺术博物馆理事会等文化团体。日本前首相中曾根康弘、新加坡总理李光耀的夫人等都前来参观。在近两个月的展期中，观众人数达 58236 人次。观众对展览的内容和展陈形式赞誉有加，评价其为"极其出色和优美的展览"。

巡展的收官站在纳尔逊－阿特金斯艺术博物馆举办。为配合展览，纳尔逊博物馆在展览期间举办了多次教育和宣传活动，包括中国绘画和书法知识讲座、书法绘画表演等，受到了观众的热烈欢迎。在 56 天的展出期间，展览观众人数达 42357 人次。展览期间，堪萨斯电视台和美国国家广播公司分别采访了纳尔逊博物馆馆长武俪生（Marc Wilson）和东方部主任何惠鉴。《堪萨斯日报》、英国《东方杂志》等报刊均以较大篇幅对展览进行了专题报道和介绍。展览也接待了几批较为重要的专业团体，包括休斯敦文物爱好者代表团、日本东京国立博物馆学艺部法隆寺宝物室浅井和春、芝加哥大学的哈希教授等专程来到纳尔逊博物馆参观展览，对上博的馆藏赞不绝口，也对展陈形式给予了高度评价。

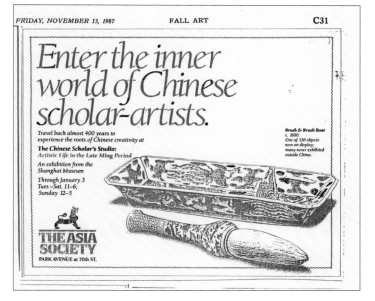

展览宣传资料

61 美国纽约大都会艺术博物馆
古代中国艺术陈列馆长期借展

中国古代艺术珍品在纽约展出
上海博物馆提供的二十件精品引人注目

1988年5月28日
《文汇报》报道

1988 年 5 月至 1989 年 8 月
1990 年 5 月至 1991 年 7 月

为筹备夏洛特与约翰·C.韦伯捐赠的古代中国艺术陈列馆，美国纽约大都会艺术博物馆特向上海博物馆提出租借部分文物，以弥补展陈空白，并向西方观众展示中国近年来取得的一些重大考古发现。为更好地宣传我国古代文化艺术，尤其是上海地区考古的突出成果，同时充实美国纽约大都会艺术博物馆的中国艺术陈列，上海博物馆应其邀请，自1988年5月开始提供一批长江流域新石器时代玉器、陶器以及中型青铜器德鼎共计20件展品供该馆展出。

1998年5月25日，展览正式开幕，中国常驻联合国代表团副代表俞孟嘉大使，中国驻纽约总领事汤兴伯等亲临现场。

该陈列馆共展出350件中国古代艺术珍品，年代跨度自新石器时代至汉唐时代。上海博物馆的展品在入口处展出，包括一个壁橱和两个中心橱，大部分为新近从上海青浦的马家浜、崧泽、良渚文化遗址考古发掘所得的珍贵文物，是长江流域新石器时代文明的生动代表。

1989年3月，在合约期满之前，大都会博物馆东方部主任屈志仁（James C.Y. Watt）特来信提出延长此次借展，并表示"我馆古代中国文物陈列，得贵馆惠借长江流域文物，如人面之有睛，无之则面目全非。况且长江地区史前文物，海外绝不易得，现陈列在古代中国文物部门，引起人们极大重视，对我们有极大帮助"。该馆亚洲事务特别顾问方闻（Wen Fong）也来信道：上海的玉器、陶器和铜鼎是韦伯陈列馆的重要展品，该馆陈列至今已接纳了445000余人次观众，上海博物馆借展对陈列总体的构思极为重要，故希望可以延长借展期限。经与美方协商，此批文物展期延长至1989年8月。

此次合作的成功也为两馆的继续合作奠定了良好
基础。1989 年首批借展文物返回之后，上海博物馆又
接到大都会方面的借展邀请，再次出借 20 件珍贵，
包括马家浜文化、崧泽文化、大汶口文化、良渚文化、
马桥文化的文物以及西周早期青铜器仲鼎。

崧泽文化　玉璜

良渚文化　细刻兽面纹玉琮

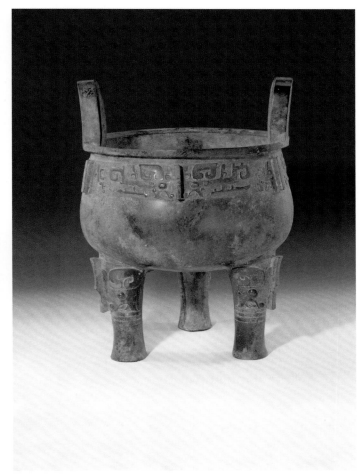

西周成王　德鼎

62 董其昌的世纪 1555—1636

展览图录卷 I 封面

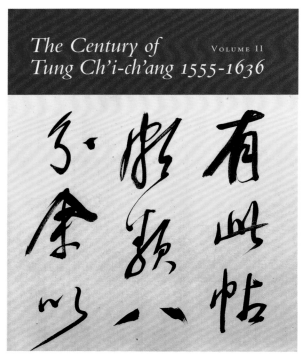

展览图录卷 II 封面

美国堪萨斯纳尔逊－阿特金斯艺术博物馆（1992 年 4 月 17 日至 6 月 14 日）

美国洛杉矶郡立艺术博物馆（1992 年 7 月 19 日至 8 月 16 日第一期，8 月 25 日至 9 月 20 日第二期）

美国纽约大都会艺术博物馆（1992 年 10 月 22 日至 11 月 29 日第一期，12 月 1 日至 1993 年 1 月 10 日第二期）

　　1992 年 4 月 17 日，筹备了八年之久的"董其昌的世纪"大展在纳尔逊－阿特金斯艺术博物馆迎来了隆重的开幕式，馆长武俪生（Marc Wilson）、博物馆基金会主席苏德兰、上海博物馆馆长马承源、故宫博物院副院长杨新分别致辞，中国驻美大使馆公使赵锡欣、中国驻芝加哥领事馆副总领事叶明朗专程来堪萨斯出席开幕式。该展览是当时历史上在海外举办的规模最大的中国 17 世纪绘画展。

　　展览以董其昌书画作品为主，兼及同时期名家以及受董其昌影响的后世艺术家作品，如清"四王""四画僧"等，汇集了 171 件书画、碑帖，部分展品为首次公开，也有不少作品是脍炙人口的名迹。展品来自美国纽约大都会艺术博物馆、普林斯顿大学博物馆、华盛顿佛利尔博物馆、波士顿艺术博物馆、克利夫兰博物馆、澳大利亚墨尔本维多利亚博物馆、德国东亚艺术博物馆、瑞士苏黎世博物馆、瑞典斯德哥尔摩东亚博物馆、日本东京国立博物馆、大阪市立美术馆等 16 家文博机构，以及北山堂收藏、王方宇、王季迁等海内外重要私人收藏，其中故宫博物院和上海博物馆各出借 50 件展品，为参展数量最多的机构。展览系统呈现了董其昌书画独特风格的形成、发展与影响，还在展览中展出了代笔、仿作与"双胞"作品，让展览更具学术讨论性。

4月17日在展览开幕式举办当天还召开了为期三天的学术研讨会，参加会议的国内学者有上海博物馆谢稚柳、汪庆正、单国霖，上海书画出版社卢辅圣，故宫博物院徐邦达、杨伯达、单国强、杨新；中央美术学院薛永年；辽宁博物院杨仁恺等，以及何惠鉴、方闻、韦陀（Roderick Whitfield）、班宗华（Richard M. Barnhart）、李铸晋（Chu-tsing Li）、高居翰（James Cahill）、石守谦、何慕文（Maxwell K. Hearn）、李雪曼（Sherman E. Lee）等众多海内外学者。美国有艺术评论家认为纳尔逊博物馆以220万美元举办展览与研讨会"是一空前壮举，它提供了一个无可辩驳的关于中国画先进的事实"，更有评论认为能有如此高规格的书画参展、如此阵容的资深学者赴会，也正说明"中国的文化政策越来越开放"。

在堪萨斯闭幕后，展览移师洛杉矶郡立艺术博物馆，因场地受限，展览分两期，第一期从1992年7月19日至8月16日，第二期从8月25日至9月20日。巡展第三站为纽约大都会艺术博物馆，也分两期展出，中国驻纽约总领事馆副总领事宋有明、文化领事丁伟出席了展览开幕式。

纳尔逊博物馆为展览出版了十分有学术厚度的图录，分上下两部，由何惠鉴主编，邀请了谢稚柳、何惠鉴、汪庆正、方闻、高居翰、徐邦达、李慧闻（Celia Carrington Riely）、班宗华、朱惠良、何慕文、李铸晋、韦陀等一众中英美学者、专家撰写学术文章或展品说明。图录还编入了图表、索引以及《董其昌书画鉴藏题跋年表》

虽然这是一项中国17世纪绘画艺术的展览，画家的名字对北美观众比较陌生，探讨的内容还包括中国画艺理论，但各地观众参观踊跃，在堪萨斯展出时，星期天甚至出现了观众排队购票的情况，之前在纳尔逊博物馆从未有过，因此每逢周末博物馆将开放时间延长到晚上9点。美国当地报刊评论，这位颇受争议的艺术家和理论家在三百多年后在美国的三家重要博物馆"获得了凯旋式的介绍"。美国亚洲艺术研究学者、曾任克利夫兰博物馆馆长的李雪曼更是将董氏与同时

代的意大利画家卡拉瓦乔并列为时代的革新创作者。"董其昌的世纪"大展再次将西方艺术史学界眼光聚焦中国，在董其昌研究领域极具标杆意义，影响深远，回响至今。

展览开幕式上，时任大都会艺术博物馆亚洲部副主任何慕文致开幕词

工作人员进行布展

在大都会艺术博物馆进行展品移交

63 上海博物馆古代青铜器展览

展览图录封面

西周　虎簋

墨西哥墨西哥城当代艺术博物馆（1994 年 3 月 3 日至 7 月 3 日）

1992 年墨西哥特莱维萨电视公司所属的文化艺术中心主任罗伯特·利特曼一行应中国对外文化交流协会邀请访华，到上海博物馆参观访问期间商谈在墨西哥举办中国文物展览事宜。为加强中墨两国文化交流和友谊，弘扬中华民族文化艺术，上海博物馆应邀于 1994 年在墨西哥城当代艺术博物馆举办"上海博物馆古代青铜器展览"，展品 69 件，包括中国夏、商时期到战国时期的青铜器。

出席展览开幕式的贵宾有 50 人，包括特莱维萨电视集团董事长兼文化基金会主席阿斯加尔加先生、墨西哥文化艺术中心主席库茜女士、中国驻墨西哥大使黄士康先生、文化参赞张治亚先生。在开幕酒会上，马承源馆长致辞，阐述了上博对文化交流的重视及文化交流对促进人类文明发展的重要意义，提出了中国古代文明与墨西哥文明之间的相似相通之处。最后，马馆长代表上海博物馆向阿斯加尔加先生和利特曼先生各赠送了一件青铜器复制品，向库茜女士和文化艺术中心副馆长安娜女士各赠送了一件楚国漆器复制品。

此次展览在墨西哥当地引起了不小的轰动。文化艺术中心通过特莱维萨电视网进行了大量的广告宣传。3 月 3 日开幕当天，文化艺术中心邀请了当地政要、专家学者、中墨媒体等近两千人参观展览。在展览的前四个开放日内，观众已达 10511 人次，其中 3 月 6 日单日参观人数高达 5050 人。

64　中华五千年文明艺术展

美国纽约古根海姆博物馆（1998年2月4日至6月3日）

西班牙毕尔堡古根海姆博物馆（1998年7月18日至10月25日）

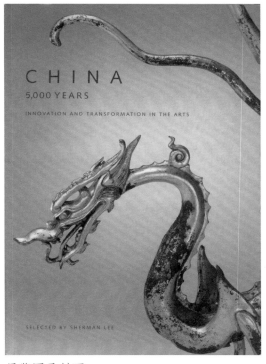
展览图录封面

　　1998年，为增进中美两国的友好关系和文化交流，在中国文化部和国家文物局的支持下，所罗门·R.古根海姆基金会与中国对外艺术展览中心、中国文物交流中心合作，在纽约古根海姆博物馆举办"中华五千年文明艺术展"。这是在美国首次举办全面介绍中国悠久历史和灿烂文化的大型展览。展览分为古代和现代两个部分，分别包含反映传统文化的历史文物和近百年绘画艺术作品。展览筹备历时三年多，囊括了来自中国17个省市50多个博物馆的展品，共有500多件/套。

　　上海博物馆作为主要参展单位，为近现代部分提供任伯年、胡远画《高邕之肖像》轴等书画作品21件，为古代部分提供福泉山出土神像飞鸟纹玉琮、王蒙《青卞隐居图》轴等文物25件（另有5件替换展品）供展出。

　　该展于1998年2月4日在纽约古根海姆博物馆隆重开幕，时任联合国秘书长安南等中外嘉宾数千人出席了开幕式。展览在美国引起轰动受到各界公众的高度赞誉，参观人数超过40万。应美国纽约古根海姆博物馆请求，"中华五千年文明艺术展"在美国纽约展毕后于1998年7月至10月移至西班牙毕尔堡古根海姆博物馆分馆继续展出。

元　王蒙《青卞隐居图》轴

65 上海博物馆藏品展

展览图录封面

当地媒体报道

美国火奴鲁鲁美术馆（2001年10月27日至12月16日）

　　夏威夷中华总商会是美国夏威夷影响最大的非营利性华人社团组织，在促进中美两国间的经济文化交流中发挥了积极作用。2001年是夏威夷中华总商会成立90周年纪念，受其和火奴鲁鲁美术学院的邀请，上海博物馆赴火奴鲁鲁美术馆举办"上海博物馆藏品展"。

　　2001恰逢美国本土发生911恐怖袭击，幸而火奴鲁鲁地区远离美国本土，未受到该事件影响，且美方进一步提升各项安全措施，因此保证了展览得以如期举办。

　　上海博物馆为此次展览精选了35件藏品，包括20件宋元明清时期玉器和15件海派绘画作品，涵盖了自公元前3世纪至19世纪的中国古代艺术品。展出的玉器体现了古代中国高雅的审美价值和精美的工艺水平，而海上名家的画迹，在具有深厚中华传统文化内涵的同时，又流溢出近代商业都市文化的时代气息，尤其引起当地华人华侨的强烈共鸣。

　　展览开幕式隆重热烈，夏威夷中华总商会会长陈明、火奴鲁鲁美术馆馆长、火奴鲁鲁当地华人华侨百余人参加了开幕式。当地观众对上博所藏玉器精品及海派绘画给予了高度评价，在短短50天的展期中，观众人数达28715人次。

　　展览的成功举办，推动了中美两国的文化交流、弘扬了中华民族悠久文化和历史，也增进了两国人民的友谊。夏威夷中华总商会会长和火奴鲁鲁美术馆馆长均表示，此次与上海博物馆的成功合作，为今后两馆之间的交流交往开了一个好头。于是，在2002年上海博物馆建馆50周年大庆之际，火奴鲁鲁美术馆携镇馆之宝莫奈的《睡莲》和梵高的《麦田》来上博展出，引起巨大轰动。

66   中国古代青铜器展

展览代表团合影

西周晚期   吕王鬲

西周中期   小克鼎

阿根廷国立装饰艺术博物馆（2004 年 11 月 9 日至 11 月 22 日）

　　本次展览为国务院新闻办公室在南美举办"感知中国"的系列文化活动之一。上海博物馆应邀筹办"中国古代青铜器展"，遴选 100 件馆藏中国古代青铜器，器物品种涵盖酒器、食器、乐器、兵器和生活用具等，时间跨度为夏代至汉代，其中有 20 余件是首次在国外展出。展品数量如此之多的青铜器特展，是上博在海外举办的青铜器展览中从未有过的。

　　参加展览开幕式的有中国国务院新闻办公室副主任李冰、中国驻阿根廷大使柯小刚、阿根廷外交部办公厅主任瓦尔德斯等贵宾，以及阿根廷各界友好人士和华人华侨代表、媒体记者 700 多人。

　　在开幕式上，阿根廷外交部办公厅主任瓦尔德斯宣读了总统基什内尔为"感知中国"活动正式揭幕发来的贺辞："在全球化的世界里，文化已成为各国人民联系的纽带……热烈欢迎并深深感谢在阿根廷举办'感知中国'文化活动，我相信我国人民在这次活动结束时能更加了解中国人民对我国政府和人民的友好情谊与合作精神。"

　　当地时间 11 月 16 日下午，中共中央书记处书记王刚和阿根廷副总统兼参议长肖利在上海博物馆陈燮君馆长的陪同下，一同参观了中国古代青铜器展，并进行了亲切友好交谈。参观结束后，副总统肖利欣然为中国古代青铜器展题词："非常感谢中国人民带给阿根廷人民的中国古代青铜器展，通过这次展览体现了两国人民对双方文化的尊重和喜爱。"王刚书记也为展览题词："加强文化交流，促进中阿两国人民之间的友谊不断发展。"

　　展览吸引了大批阿根廷民众前往参观，经常有观众向工作人员提问，表现出对古老的中国青铜文化的极大兴趣，在短短的十二天展览期间，观众累计将近万人。

67　中国五千年艺术与文化

随展人员在布置春秋时期楚大师登钟

展厅内一角

美国洛杉矶宝尔博物馆（2007 年 2 月 18 日至 8 月 19 日）

美国休斯敦自然历史博物馆（2007 年 9 月 15 日至 2008 年 1 月 6 日）

　　洛杉矶宝尔博物馆一直以来与上海博物馆保持着友好的关系，"中国五千年艺术与文化展"是上海博物馆应邀第一次在洛杉矶举办如此大型的中国文物展，洛杉矶政府和宝尔博物馆对此次展览格外重视，当地华人和美国市民也予以高度关注。

　　2 月 18 日上午，"中国五千年艺术与文化展"在宝尔博物馆新陈列馆隆重开幕，洛杉矶各界人士、中华人民共和国驻洛杉矶总领事馆文化领事等百余人参加了开幕式，宝尔博物馆馆长、上海博物馆陈克伦副馆长等致辞。随后，当地华人表演了舞狮，使开幕式的热烈气氛达到了高潮。11 时，陈克伦副馆长在宝尔博物馆报告厅作了"中华文明与中国古代艺术"的演讲，报告厅座无虚席，演讲受到热烈欢迎。

　　展览共有文物 77 件／组，以五千年时间轴为线索，从遥远的新石器时代到最后的清王朝，在相应的时间点上用生动的实体文物具象诠释悠久的中华文明，从沟通天地和代表财富的新石器时代玉器和陶器、夏商周的青铜礼器、乐器、酒器和食器、殷商的甲骨、辽代的金银器、元明清三代的漆器等工艺品、明清的书画，乃至各个时代的丧葬用品，林林总总，蔚为大观。当地观众认为上海博物馆这次送展的展品之多、展品之精前所未有，并对中华民族古老而悠久的文明表现出由衷的赞叹。

　　此展为巡展，第二站在休斯敦自然历史博物馆举办。

　　两地参观人数共计 75438 人次。

展厅内场景

68　权力与辉煌：明代宫廷艺术

展厅内场景

美国旧金山亚洲艺术博物馆（2008年6月27日至9月21日）

美国印第安那波利斯艺术博物馆（2008年10月26日至2009年1月18日）

美国圣路易斯艺术博物馆（2009年2月18日至5月17日）

21世纪第一个十年间，西方普遍流行"明式"，但从来没有一个主流博物馆筹办过大型明代艺术展，由此产生了由旧金山亚洲艺术博物馆牵头，与故宫博物馆、南京市博物馆和上海博物馆合作，举办明朝宫廷艺术为主题的特展。展品共计140件/组，门类涵盖绘画、丝织品、漆木器、竹雕、琥珀、瓷器、珐琅器、玉器、铜器、建筑构件、乐器、金首饰、冥器等，以此展现明代王公贵族的政治、礼仪、生活、衣冠和习俗，探讨明代统治者回归汉文化哲学的根源和内容，并从宫廷工艺管理制度体系的角度揭示明代工艺的营造，从明代工艺的兴盛的方方面面（主题、设计、图案意义、功能）挖掘其社会根基。

上海博物馆参展的文物共10件/组，主要为各类题材的绘画（含建筑、人物、花鸟、叙事、风景）和一套陪葬的家具模型。

本次展览得到了《康特拉科斯塔时报》（*Contra Costa Times*）、《圣胡安水星新闻报》（*SJ Mercury News*）、《纽约时报》（*New York Times*）和《奥克兰论坛报》（*Oakland Tribune*）等美国当地媒体的大幅报道，引发民众关注，三地巡展的观众总数超过18万人次。

69 上海

展览图录封面

亚洲艺术博物馆馆刊 *TREASURES* "上海" 展特刊

美国旧金山亚洲艺术博物馆（2010 年 2 月 12 日至 9 月 5 日）

　　旧金山亚洲艺术博物馆是美国专门收藏亚洲艺术的最重要的博物馆之一。一直以来，上海博物馆与旧金山亚洲艺术博物馆保持着多方面的密切交流与合作。

　　2008 年 11 月 11 日，在时任上海市人大常委副主任胡炜与旧金山市市长 Gavin Newsom 的共同见证下，上海博物馆与旧金山亚洲艺术博物馆在上海博物馆签署了《谅解备忘录》，决定于 2010 年两馆联合举办展现上海市近现代艺术发展史的展览，并在之后确定展览命名为"上海"。这是旧金山亚洲艺术博物馆首度与中国博物馆合作主办的以一座城市为主题的展览。上海博物馆首次牵头上海市的文博机构，组织上海市历史博物馆、上海鲁迅纪念馆、上海美术馆等集各家之所长共同参展，充分利用和展现上海不同文博机构的馆藏优势。

　　展览共展出 128 件 / 组展品，展现了自 19 世纪初起上海的时代变迁与城市艺术发展的脉络与成就。上海文博机构出借展品共计 91 件 / 组，其中上海博物馆有 30 件。展品中包括不少近现代海上名家名作，如谢稚柳、刘海粟、陶冷月、徐悲鸿、朱屺瞻、林风眠等艺术家的书法绘画和油画作品，邵克萍、沈柔坚等人的木刻版画，吴友如、周慕桥的点石斋原稿，还有展现老上海世貌风情的服饰、老照片、招贴画、刊物等，浓缩了一百多年来上海城市的蓬勃发展和作为中国重要文化经济城市的独特魅力。

　　作为庆祝上海与美国旧金山建立友好城市 30 周年的一项重要活动，"上海"展展期又恰逢 2010 年上海世博会于 2010 年 5 月 1 日至 10 月 31 日举办，展览推动了上海世博会在美国的宣传，增进美国人民对上海世博会的关注与了解。2010 年 2 月 11 日，"上海"展在旧金山亚洲艺术博物馆隆

重开幕，有当地媒体近 80 人参加新闻发布会，世界日
报、星岛日报等当地主要媒体都会展览做了积极报道。
时任上海市人大刘云耕主任也率领上海市代表团参加
了开幕活动，并在上海博物馆副馆长陈克伦和旧金山
亚洲艺术博物馆馆长许杰的陪同下，参观了展览。在
开幕式上，许杰馆长、旧金山市长 Gavin Newsom 和刘
云耕主任分别发表了热情洋溢的讲话。谭元元、陈冲
等一些来自上海、生活在旧金山的名人与当地各界名
流 500 余人参加了晚宴，共庆展览的开幕。

上海与旧金山是中美两国最早缔结为姐妹城市
的，在文化领域交流密切，继 1983 年 "上海博物馆
珍藏——六千年的中国艺术展" 之后，2008 年旧金山
亚洲艺术博物馆又举办了 "权利与辉煌：明代宫廷艺
术展"，上海博物馆参展 10 件展品。此次旧金山与
上海两市文博机构的成功合作又一次见证了两市长久
以来的友好往来。

2008 年 11 月 11 日，上海博物馆与旧金山亚洲艺术博物馆
《谅解备忘录》签字仪式

林风眠《持镜仕女图》

上海博物馆与旧金山亚洲艺术博物馆签订的谅解备忘录

70 帝王之龙：上海博物馆珍藏展

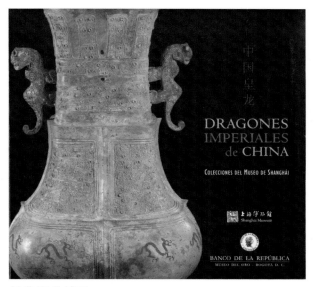

展览图录封面

春秋中期 莲瓣盖龙纹壶

哥伦比亚波哥大共和国银行黄金博物馆（2010 年 10 月 14 日至 2011 年 1 月 16 日）

　　本次展览是上海博物馆应哥伦比亚波哥大共和国银行的黄金博物馆的邀请举办的展现中国"龙"文化特色的一个展览。展览文物共计 103 件／组，其中 35 件青铜、26 件陶瓷、40 件／组工艺和 2 件绘画，时间上及新石器时代，下迄清代。

　　此展以"龙"为主题，冀以将中国传统文化的这个重要部分推介给哥伦比亚人民。中国人常自诩为"龙的传人"，在中国没有任何一种动物可超越龙的地位，甚至"龙"本身便成为了"中国"的代名词。"龙文化"是中华文明的重要组成，从文学、历史、艺术、哲学、政治到建筑、民俗，它的影响无处不在。

　　展览汇集上海博物馆珍藏的始自新石器时期迄于清朝晚期，包括青铜、陶瓷、书法、绘画、玉器、竹木漆器等类别百余件与龙相关的精美艺术品。在展示"龙"的形象演变之外，更希望参观者能够了解"龙"所蕴含精神内核及其在不同时期的微妙变化。

　　开幕式上中国驻哥伦比亚大使高正月、共和国银行总经理、黄金博物馆馆长 Maria Alicia 和上海博物馆副馆长陈克伦等来宾分别发言祝贺展览成功举办。

布展组人员正在点交展品

明崇祯　景德镇窑五彩龙纹盘

清乾隆　景德镇窑绿地金彩龙纹瓶

清乾隆　剔红海水蛟龙纹圆盒

71   上海博物馆藏中国古代青铜器展

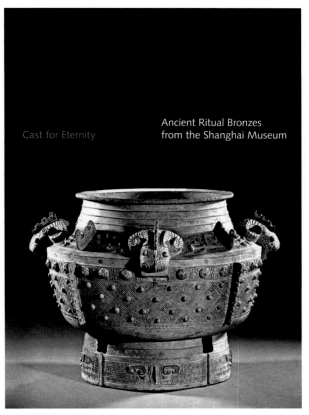

展览图录封面

美国马萨诸塞州旅游局主任 Betsy Wall（左一）、中国驻纽约总领事孙国祥（左二）、克拉克艺术馆馆长 Michael Conforti（右二）、上海博物馆副馆长陈克伦（右一）为展览开幕

美国克拉克艺术馆（2014 年 6 月 28 日至 9 月 21 日）

值安藤忠雄为克拉克艺术馆打造的新馆揭幕之际，上海博物馆应克拉克艺术馆邀请，赴美举办"中国古代青铜器展"。展品包括 32 组 40 件馆藏青铜器，其中不乏精品重器，如父乙觥、吴王夫差鉴、四羊首乳钉雷瓿、小克鼎等。此次展览作为 2013 年 9 月在上海举办的"从巴比松到印象派——克拉克艺术馆藏法国会画精品展"的交流展，继续积极推动上博与克拉克艺术馆之间的友好合作和文化交流。正如陈燮君馆长在展览前言中所说，展览致力于将青铜器所具有的非凡的艺术魅力和丰厚的历史内涵传达给美国的观众，"以对艺术的感知为桥梁，构筑起东方与西方、当下与历史的通道，让更多人得以触摸体现人类文明发展成果的真善美"。

上海博物馆青铜研究部主任、研究馆员周亚为展览图录撰《聚沙成塔、集腋成裘——上海博物馆的青铜器收藏与征集》一文，回顾了从 1952 年上博建馆以来青铜器收藏、征集和受赠的历史和动人故事，向美国观众介绍了上海博物馆如何建立起如今品种齐全、体系完整的中国古代青铜器收藏。

6 月 28 日，中国驻纽约总领事孙国祥与美国马萨诸塞州旅游局主任 Betsy Wall、克拉克艺术馆馆长 Michael Conforti 一同出席开幕式并剪彩。当日，有超过 800 名受邀观众参观了预展。7 月 4 日展览正式向公众开放，当天吸引了逾 8000 名当地观众和各界政要参观。展览期间，《华尔街日报》《纽约时报》《艺术新闻报》《亚洲艺术》等知名报刊多次对展览进行了报道。展期内观众总人数超过 50000 人次。

上海博物馆代表团与克拉克艺术馆副馆长 Thomas Loughman 在展览开幕式现场

展厅内场景

展厅内场景

72　园林、艺术、商业：中国木刻版画展

布展组合影

美国洛杉矶汉庭顿图书馆、艺术收藏与植物园（2016年9月17日至2017年1月9日）

　　从明晚期至清代约三百年间，绘画、文学、园艺这些文化艺术在印刷业的推动下得到空前的发展，而同时，越来越多的文人参与雕版的设计制作。在这一时期，色彩在版画制作上大量使用，手艺不再仅仅是技术，独特的艺术品可以被精美地复制、传播，雅俗兼得。"园林、艺术、商业：中国木刻版画展"围绕版画中的中国园林展开，关注中国木刻版画在这三百年"黄金时期"中的发展革新及其独特的艺术魅力，展览分为：一、历史中和虚构中的园林，展出描绘假山、花卉以及植物学典籍的书籍图册；二、表现园中雅事，如下棋、吟诗、饮宴、书法、作画的版画插图；三、陈洪绶、萧云从、任熊等著名画家所做的木刻版画；四、徽州地区、南京、杭州等地不同风格的插图；五、以影像方式呈现艺术家制作木刻版画的过程。

　　展品来自中国国家图书馆、上海博物馆、南京图书馆，以及美国自然历史博物馆、克利夫兰博物馆、盖蒂研究中心、赛克勒博物馆、哈佛燕京图书馆、波士顿艺术博物馆、普林斯顿大学等收藏机构。其中，上海博物馆作为中方借展机构的主要协调方，积极沟通中美各方与国家图书馆、南京图书馆共同参展出借了23件展品（其中上海博物馆4件），包括国图藏一级品《十竹斋笺谱初集》、一级品《坐隐先生订棋谱》、上博藏一级品文物《萝轩变古笺谱》以及南图藏明万历《樱桃梦》等珍贵明清刻本。

　　展览举办地汉庭顿图书馆、艺术收藏与植物园（以下称"汉庭顿"）原是美国铁路大亨亨利·汉庭顿的私家宅院，1919年，汉庭顿将这个庄园所有的财产和收藏品交由一家非营利教育信托基金管理并对公众开放。整个园区由汉庭顿植物园、汉庭顿图书馆和汉庭顿艺术馆三个部分组

成，拥有丰富的书籍、手稿和艺术品收藏。植物园占地 120 公顷，有 15 座不同风格的花园。其中模仿苏式园林而建的流芳园于 2008 年对外开放，是北美最大的中式公园，与展览主题相得益彰，而展览也帮助观众更加懂得如何欣赏流芳园。

在北美地区，大多数观众并不了解中国木刻版画，因此展览成为了当地民众了解这门艺术的良机。另一方面，虽然日本"浮世绘"更为世人所熟知，但其实中国木刻版画对日本产生了深远的影响，中国的图样设计和颜色的应用被日本制版者们研究并模仿。一直

以来，日本的艺术家和收藏家也积极地寻找并收集中国版画。比如，展览展出的汉庭顿所收藏的《十竹斋书画谱》直到 18 世纪都由日本人收藏。在展厅外，汉庭顿的中国园林和日本花园从另一个角度印证了中国文化对日本的影响。在欧美地区，中国木刻版画主题的展览比较少而且规模较小，"园林、艺术、商业：中国木刻版画展"是美国东北部以外地区第一个大型的此类展览，呈现的是中国早期木刻版画的最高成就，在展陈手段、背景资料、历史沿革和地域风格界定等方面，本次展览也比以往的展览都要全面而深刻。

展厅内场景

明　萝轩变古笺谱

73 吉金鉴古：皇室与文人的青铜器收藏

展览图录封面

展厅外的海报

小臣系卣

美国芝加哥艺术博物馆（2018年2月25日至5月13日）

　　此次展览由上海博物馆、故宫博物院、美国芝加哥艺术博物馆三方合作主办，汇集了上述三家博物馆及其他美国公私收藏的相关展品约180件，是数十年来在海外举办的中国青铜器主题展中规模最大的一次。

　　区别于考古展或一般的器物展，"吉金鉴古"是一场从历代青铜器收藏角度切入的主题展览，围绕古代"皇室"与"文人"收藏这两条主线，探讨青铜器在中国历史的不同时期如何被使用、收集、定义乃至模仿，如何对当时的文化构建起到重要作用。数千年后，出土青铜器又如何成为文化延续的承载物，进而形成崇古、玩古、仿古的风潮，甚至对当代艺术产生影响。

　　此次展览主要分五个部分，首先集中介绍中国古代青铜器的颜色、造型、组合特征，并设专室凸显"礼器"概念；而后分别以宋徽宗、清高宗对青铜器收藏、著录为代表，展示宋代、清代皇室藏古及仿古行为，以及由皇室引领的收藏文化；再延及清代文人收藏，及当代对青铜文化的回望。

　　在展品选择和展览形式上，"吉金鉴古"展可谓极具特点。展览中的古代青铜器基本都是曾入藏宫廷或曾受古代文人鉴赏的、屡经著录的名器、重器。其中上海博物馆参展的商周秦汉青铜器数量最多，达31件/组，兼具皇室与文人收藏中的代表作，如或由宋代流传至今的厚趠方鼎、首次出馆展览的小臣系方卣等。

　　尤需注意的是，上海博物馆藏吴大澂青铜器全形拓长卷《愙斋集古图（下卷）》与图中器物12件（上博藏器8件、美国各博物馆藏器4件）在芝加哥重新聚首，从纸面到实物，再现了清代文人收藏鼎盛时期的恢弘气度。

展览开幕当天，中国驻芝加哥总领馆的文化领事
夫妇等贵宾和当地社会名流出席了开幕式。

《解放日报》头版

上博、故宫代表团成员与芝加哥艺术博物馆馆方人员合影

展厅入口处场景

展厅内场景

74　何处寻真相——仇英的艺术

展览图录封面

展览宣传海报

美国洛杉矶郡立艺术博物馆（2020 年 2 月 9 日至 9 月 7 日）

经过十年筹备，由洛杉矶郡立艺术博物馆主办的"何处寻真相——仇英的艺术"特展在该馆举办。这是美国有史以来规模最大的仇英画展，更是在亚洲以外地区举办的首个仇英画展。上海博物馆受邀参加此次展览，精选了 8 件 / 组仇英画作精品赴美，包括《剑阁图》《摹天籁阁宋人画册》《白描送子观音图轴》等，成为美国本土外出借展品量最多的机构。*Wall Street Journal*，*Los Angeles Daily News*，*Weltkunst*，*Sino TV LA* 等海外媒体都相继对该展览进行了报道。

展览梳理了仇英的艺术生涯，从他的师承为引，接着介绍其早中晚期的创作，最后以仇英的追随者为结语。更重要的是，本展试图以宏观的社会历史脉络检视这位天才画家，将他所处的时代背景与生平进行对照。

展览开幕伊始，新冠肺炎疫情逐渐蔓延至全美，预期的参观效果遭受重创，3 月 14 日起该馆闭馆。之后随着洛杉矶地区疫情的升级和反复，该展览一直未能重新开启。根据统计，在开馆一个多月的时间里，吸引观众 18401 人次。

明　仇英《剑阁图》轴

展厅内场景

中国港澳台地区

75 上海博物馆珍藏中国青铜器展

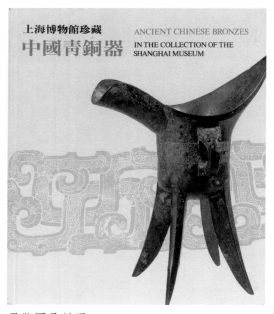

展览图录封面

展览宣传海报

香港艺术馆（1983 年 2 月 1 日至 4 月 3 日）

上海博物馆应香港市政局邀请，于 1983 年香港第十一届艺术节期间，赴港举办"上海博物馆珍藏中国青铜器展"。这是上海博物馆首次赴港展览，进一步加强了沪港两地的合作与文化交流。

展览共展出上海博物馆藏青铜器 50 件，时代从商代早期到战国，一定程度上反映了当时的政治制度、经济情况和文化面貌，具有独特的民族风格和鲜明的时代精神，充分显示了古人的聪明智慧。

展览得到了香港市政局、香港艺术节协会、香港艺术馆的密切配合和热情支持。开幕式上，香港市政局主席张有兴致辞，感谢上海博物馆带来的精彩展览，充实了香港市民的文化生活。香港中文大学郑德坤、饶宗颐等学界人士，毛文奇、罗桂祥、利荣森等收藏家，以及香港本地艺术家、议员，香港艺术馆博物馆之友等应邀参加开幕式。香港本地主要媒体《文汇报》《大公报》《华侨日报》《星岛晚报》《天天日报》《晶报》《成报》《南华早报》等连续报道了展览的消息。

为配合展览，沈之瑜馆长专程赴港作"伟大的中国青铜艺术"讲座，《大公报》进行了全文刊登。

工作人员布展中　　　　　　　　　　　　　　　　工作人员布展中

展厅内场景　　　　　　　　　　　　　　　　　　相关媒体报道

76 敦煌吐鲁番文物展

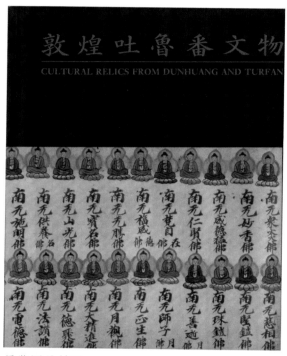

展览图录封面

展厅内场景

香港中文大学文物馆（1987 年 6 月 23 日至 7 月 28 日）

"敦煌吐鲁番文物展"是由上海博物馆和香港中文大学文物馆首次合作举办的展览，展品共 37 件，其中写经 29 件，古书写本、文札 4 件，佛画及雕版佛像 4 幅。

自从清季以来，随着大量经籍文书与其他文物在敦煌及吐鲁番等地先后面世，"敦煌学"及"吐鲁番学"成为显学，其研究范围遍及历史、地理、语言、社会、宗教、文学与艺术等方面。而这个展览正是为配合在港举办的"国际敦煌吐鲁番学术会议"而举办的。

上海博物馆藏的敦煌、吐鲁番文物虽然数量不多，但也形成了独立的门类。展览主要文物为敦煌石室流散的写经，其时代上自后凉下迄五代，同时还有一件传世的唐人写经，虽非出于石室，然也可资对照。此外，还有不易多见的雕版印刷佛画，以及个别的吐鲁番文书。香港方面也综合了当地收藏家的精品，合沪港两地文物，办成了这个展览。

展览开幕式上，香港中文大学校长马临主持，上海博物馆书画研究部研究馆员谢稚柳致辞，邵逸夫为展览剪彩，香港学界、文物界、宗教界及实业界的著名人士，如文物馆管理委员会主席利荣森、香港佛教联合会长觉光法师等 150 余人到场。6 月 25 日至 27 日召开的学术会议邀请了中外学者 40 余位，包括季羡林和饶宗颐教授。

香港《文汇报》《大公报》《星岛日报》《信报》等新闻媒体多次对展览作报道介绍。无线电视台特邀谢稚柳在《香港早晨》节目上解说敦煌吐鲁番文物的情况，取得了很好的反响。上海博物馆通过此次展览，进一步扩大了与香港文物界的联系。

34 唐人釋迦牟尼佛像
Painting of Śākyamuni with Bodhisattvas and donors, Tang dynasty

35 唐人彩繪佛像（局部）
Painting of Buddha, Tang dynasty (detail)

22

28.1 五代貞明六年寫佛說佛名經卷第六
Buddhanāma-sūtra, vol. 6, Later Liang of Five Dynasties (dated 920)

20

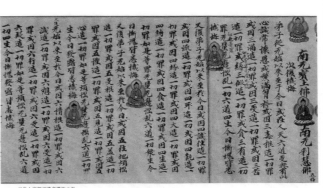

29.4 五代人寫經相佛名懺悔文卷
Scroll of Buddha's images and names with confession, Five Dynasties

30.2 唐開元十六年健兒杜及歸本司請紙牒
Document on the application for paper, Tang dynasty (dated 728)

21

展览图录内页

展览图录封面

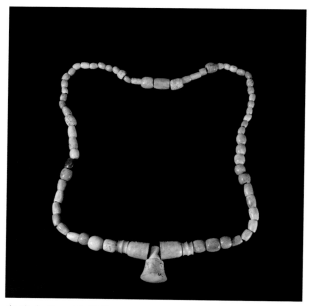

良渚文化 玉项饰

香港博物馆（1992 年 4 月 9 日至 8 月 9 日）

　　应香港市政局邀请，上海博物馆于 1992 年在香港市政局属下的香港博物馆举办了"上海博物馆藏良渚文化珍品展"，向香港公众推介良渚文化的重要珍品，以促进对中国史前文化与文明起源的认识与研究。展览共展出文物 93 件／组。

　　良渚文化是中国古代文明起源的要素之一，良渚文化的玉雕及其精湛绝伦的琢磨技术，曾为夏商文化所吸收融合，夏商陶器的若干成分也可从良渚文化中找到祖型。1982 年，在上海市青浦福泉山首次发现良渚文化时期用人工堆筑的高台形墓地和祭祀迹象。东南地区的考古受到福泉山良渚文化高台墓地发现的启发，相继在浙江余杭的反山、瑶山等地，发现了同类的高台形墓地，良渚文化的考古发掘工作形成了高潮。

　　展览筹备历时四年，上海博物馆与香港市政局联合举办该展，弘扬了祖国的灿烂文化、加强了两地的学术文化交流。香港市政局主席梁定邦等当地重要人士、香港艺术馆总馆长谭志成等香港博物馆界代表参与展览开幕式，国家文物局驻港代表也出席了仪式。

　　展览开幕后，香港博物馆举办了良渚文化研讨会，共有八十多位学者参与了讨论。黄宣佩、饶宗颐、宋建等八位学者发表了关于良渚文化的学术演讲。香港当地的《大公报》《文汇报》《东方日报》《星岛日报》《上报》《明报》《华侨日报》《快报》以及中国新闻社香港分社等十余家媒体对展览作了报道。黄宣佩副馆长还应邀在香港电视台的《香港早晨》节目中对良渚文化作了介绍。

　　为配合展览，香港博物馆举办了三场专题讲座，香港报刊集中发表了多篇介绍良渚文化考古与文物的文章，使香港出现了了解与研究良渚文化的热潮。

相关媒体报道

Thematic Exhibition

"Gems of Liangzhu Culture from the Shanghai Museum"

11th April 1992 to 9th August 1992

Liangzhu culture is one of the neolithic cultures, between 3900-4900 years ago, in the Yangzi delta within the triangle formed by Shanghai, Hangzhou and Nanjing, with Lake Taihu in the centre. It was first discovered in 1936 at an archaeological site in Liangzhu town, Yuhang county, Zhejiang province, hence it was so named. Because of its high standard in pottery production and jade carving, Liangzhu black pottery and Liangzhu jades were already very famous in the 1930s. In the past five decades, several hundreds of Liangzhu culture habitation and cemetery sites have been recorded and over 30 sites have been scientifically excavated. The archaeological data extracted from these sites give us a clearer picture of the Liangzhu culture, and hence a deeper understanding in the formation of Chinese civilization.

As Shanghai is situated at an important area of Liangzhu culture, many important discoveries, particularly the excavation of Fuquanshan site, were made in the past 30 years. In this exhibition, 96 exquisite artefacts selected from the Liangzhu culture collection in the Shanghai Museum are put on display. Supplemented by photos, models and other visual aids, these artefacts will introduce the characteristics of the Liangzhu culture and throw new light on the early development of Chinese civilization.

專題展覽

「上海博物館藏良渚文化珍品展」

一九九二年四月十一日至八月九日

良渚文化是中國長江下游地區的一支新石器時代晚期古文化，年代介乎距今3900-4900年之間，主要分佈於太湖周圍，由上海、杭州、南京三地所構成的三角形地區內，因在1936年首次發現於浙江省餘杭縣的良渚鎮而得名。由於良渚文化具有高超的製陶和琢玉技術，因而「良渚黑陶」和「良渚玉器」早在三十年代就名聞海內外。在過去五十年間，已發現了數百處良渚文化的居住和墓地遺址，並對其中三十多處進行了考古發掘，從而對良渚文化有較多的了解，亦對中華文化的形成有較深入的認識。

上海處於良渚文化的重要分佈地區，近三十年來對於良渚文化考古，獲得許多重大成果，其中以福泉山良渚文化墓地的發掘最為突出。這次展覽是從上海博物館所藏的良渚文物中，精選了九十六件珍品來港展出，透過相片、模型、視聽節目等輔助展品，介紹良渚文化的主要特色，以及良渚文化在整個中華古代文化中所佔的地位。

当期香港博物馆通讯内页展览介绍

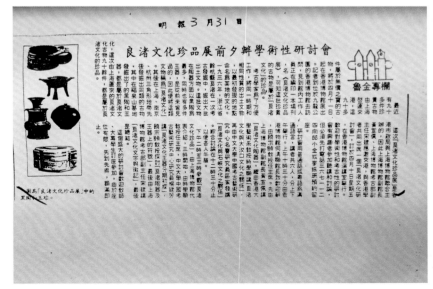

研讨会报道

良渚文化　黑陶细刻纹阔把壶

78　中国千年佛像展

展览图录封面

金　佛彩绘木雕像

澳门市政厅画廊（1995年9月8日至9月27日）

　　上海博物馆应澳门市政厅之邀于1995年在澳门市政厅画廊举办了"中国千年佛像展"，展出了上海博物馆珍藏的佛像雕刻品共40件，以南北朝和隋唐时期的为主。展览基本体现了中国一千多年来，佛教造像辉煌时期的艺术轨迹，有助于澳门市民对于中国古代宗教艺术的进一步了解。

　　佛教传入中国后，成为中国主要的宗教，其哲理通过经义传播，在当时的哲学思想界形成了新的活力。而凭借形像布教的古印度犍陀罗佛像艺术，也在中国普遍流传。它与中国固有雕刻艺术相结合，产生了本土化和逐渐世俗化的具有独特风格的佛教雕像。南北朝和隋唐时期，是中国佛教雕刻的两个高峰时期，在石窟雕像和单体造像中有许多重要的遗存，其中不少精品已被评定为世界性的珍宝。

　　在该展览的筹备过程中，澳门市政厅、新华通讯社澳门分社给予了大力支持和协助。澳门立法会主席林绮涛、新华社澳门分社副社长宗光耀、澳门市政执委会主席麦健智，澳门市政厅及文化委员会官员、社会名流、文化界人士、新闻单位等四百多人出席了9月8日举行的展览开幕式。《澳门日报》、澳门电视台等多家当地新闻单位对此进行了报道。

　　展览收到澳门观众的欢迎和好评，共吸引近万名观众到场参观，展览图册亦全部售罄。

79 上海博物馆藏中国古代青铜器展

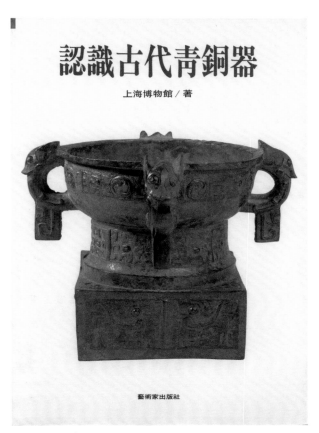

展览图录封面

商代晚期 四羊首瓿

台湾自然科学博物馆（1995年8月1日至10月31日）

自然科学博物馆为中国台湾地区设立的第一座科学博物馆，也是台湾地区首座将自然科学生活化并拥有现代化设备的大型博物馆，自1986年起对外开放。

1992年3月，随着中国台湾公布《大陆地区保存之古物运入台湾地区展览申请作业要点》，两岸文物交流正式起步。1994年11月13日，中华文物交流协会会长张德勤率团赴台参加"海峡两岸博物馆事业与文物交流学术访问"活动，参观台湾地区文物古迹，举行交流座谈会，并提出许多交流与合作项目。其间，上海博物馆马承源馆长作为该团成员，在台湾自然科学博物馆举办演讲，介绍上海博物馆的重要收藏，并表示愿意提供藏品供位于台中市的自然科学博物馆新馆落成之时展出。随后，马承源馆长与台湾自然科学博物馆汉宝德馆长共同商定了举办一次青铜器特展的计划。

本次展览是上海博物馆第一个赴台文物展，共展出中国古代青铜器精品63件／组，代表了从夏代到汉代近两千年的青铜文明。青铜器是中国古文明的重器，代表中国古代物质文化的高峰。其形式与组合，艺术装饰和铭辞，从多方面真实地反映了社会和历史的某些侧面和片段，具有重要的艺术价值和历史价值。展览也为中华民族的灿烂文化与"同根""同族"的观念提供了最佳实证。

国民党中央常委蒋彦士、台北故宫博物院院长秦孝仪、中华文物保护协会理事长柯文福、海峡交流基金会副秘书长李庆平等出席了展览开幕式。

台湾地区当地主要报刊媒体以及各大电视台均对展览做了大量采访与报道。为时三个月的展览共接待观众达163178人次，以学生为多。上海博物馆随展专家不仅为现场观众讲解展览，还积极利用各种场合，向台湾同胞宣传了大陆特别是上海改革开放以来的变化，介绍上海博物馆的新馆建设和大陆文博事业的发展，推动了两岸文化交流。陈佩芬副馆长在台湾师范大学和台北故宫博物院做了学术演讲。

按照台湾自然科学博物馆的传统，本次展览配有一本教育性出版物，由上海博物馆副馆长陈佩芬编写，名为《认识中国古代青铜器》，书中囊括本次展览之青铜器及拓片图片，详细介绍了中国青铜器的发展源流与特点，图文并茂，内涵丰富，以为科普教育之用。

商代晚期　黄觚

80　五千年前长江古文明——良渚文化特展（上海博物馆珍藏）

展览图录封面

良渚文化　黑陶高柄盖罐

台湾自然科学博物馆（1997 年 8 月 1 日至 1998 年 2 月 1 日）

　　1980 年代，上海博物馆曾在上海青浦福泉山良渚文化遗址主持了大规模的考古发掘，发现了高台墓地、祭祀遗迹，出土大量玉石陶器。此次特展共精选了 97 件／组文物，其中绝大部分是在上海地区考古发掘出土的。为了让展览更加具有科学性和普及性，还根据考古发掘资料制作了四个模型，有良渚文化的村落、墓葬和祭坛。

　　为使台湾地区的广大观众及时了解展览情况，台湾地区的各大媒体在开幕前后进行了大量报道。《联合报》报道《良渚文化特展值得一看》写到："五千年前的良渚文化，代表上古中国社会的高度文明，有'东方文明之光'美誉。"《中华日报》写道："大陆长江古文明举世闻名，其中良渚古人文物更是上海博物馆珍藏。"《自由时报》还引用了海基会秘书长焦仁和在参观特展时的讲话："近两年来两岸政治关系虽低迷，但学术文化交流并未受影响，文化交流未来应是两岸迈向统一时的重要切入点。"

　　在长达半年的展期中，台湾地区观众踊跃参观，热情之高，出乎意料。据统计，观众总数近 16 万人次。有不少参观者特意从台北和高雄赶来，满怀了解中华远古文明的求知欲望，他们仔细观赏，研讨切磋，有的还提出了非常专业的问题。通过参观展览，观众们对中华民族源远流长的古代文明有了切身的感受，对良渚文物优美的造型和精细的花纹装饰惊叹不已。有些观众还把对展览的真诚赞誉写在了留言簿上："看了这个展览，深刻理解中国文化真是博大精深，真庆幸我是中国人，我引以为荣。""这次展览十分有意义，能够使我们了解古代文物的特色，希望以后能多办类似的展览，丰富我们的心灵。"

　　展览期间，台湾自然科学博物馆的咨询委员特地前来参观，这些咨询委员都是台湾地区各学科的专家带头人，其中也有文物考古的专家学者，他们认为这样的特展对海峡两岸的学术文化交流很有意义，希望今后能继续举办。台北故宫博物院、鸿禧美术馆等单位的许多同行也参观了良渚文化特展，并与随展组成员进行了现场学术交流。

良渚文化　琮型玉管

良渚文化　玉鸟

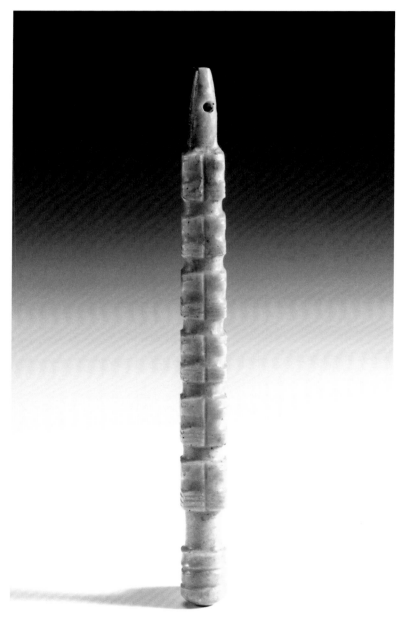

良渚文化　玉柄形器

81 华容世貌——上海博物馆藏明清人物画展

展览图录封面

展览及研讨会宣传页

导览手册　　2001 年 3 月 24 《文汇报》日报道

香港大学美术博物馆（2001 年 3 月 24 日至 6 月 10 日）

此次展览精心遴选上海博物馆所藏明清人物画代表作品 50 件，特点有二：一是涵容了明清两代重要画家的创作，基本反映出六百年间中国人物画发展的历史面貌，二是题材丰富多样，风格千姿百态，在主流画家之外，还展出许多非主流画家的作品，其中有不少是鲜为人知的画家和作品。特展选取画作的作者包括了文人画家，宫廷画家和职业画家各个层面；作品的题材尽可能宽泛，包容历史故事、神话传说、宗教神仙、仕女孩童、文人逸士以及时令风俗等各类主题；技巧方法涉及工笔重彩、白描、水墨写意、工笔兼写意、指画等形式，力图多角度地反映明清人物画多姿多彩的面貌和流光溢彩的艺术成就。

为配合此次展览，香港大学美术博物馆与香港大学博物馆学会于 3 月 24 日联合举办研讨会及画展导赏，邀请了上海博物馆、纽约大学、香港大学、伦敦大学、克利夫兰博物馆的专家学者参会，上海博物馆研究馆员单国霖发表"明清人物画的风格演进"学术报告。

香港大学美术馆创立于 1953 年，是香港现存历史最为悠久的博物馆，原称为"冯平山博物馆"，在一系列改扩建后，博物馆从香港大学的东方研究学院和中文学院分拆出来，于 1975 年 12 月 1 日成为大学的附属博物馆，并在 1994 年和新设立的大学美术馆合并，成为了如今的香港大学美术博物馆。博物馆以为公众提供高品质艺术文化体验、提高香港社会的艺术审美能力和文化修养为己任，同时在策划展览中结合大学各院系的教学内容，充分发挥大学博物馆"展教结合"的功能。博物馆以陶瓷收藏最为有名，包括唐三彩、越窑、青花等，此外还有历代青铜器、明代至现当代书画作品等。

82　上海博物馆藏过云楼书画集萃

明　沈周《临大痴山水图》轴

香港艺术馆（2003 年 3 月 21 日至 6 月 15 日）

　　为促进沪港之间的文化交流，应香港康乐及文化事务署邀请，上海博物馆与香港艺术馆于 2003 年 3 月 21 日至 6 月 15 日在香港艺术馆举办"上海博物馆藏过云楼书画集萃"展览。本次展览共遴选出过云楼捐赠藏品中的 72 件精品，几乎包括了明清两朝所有大画家的名品佳作，其中有吴门画派的主要人物沈周的《临大痴山水图》轴、文徵明的《江南春词意图》卷、唐寅的《黄茅渚小景图》卷、清初六家"四王、吴、恽"和"金陵画派""扬州画派"的代表佳作，可谓名品云集。更可贵的是将过云楼四代主人顾文彬、顾廷烈、顾麟士、顾则扬的书画作品也收于其中，为观者进一步了解、认识过云楼提供了帮助。

　　2003 年 3 月 19 日至 23 日，陈克伦副馆长、书画部主任单国霖和办公室副主任李峰赴香港参加展览会开幕活动。陈克伦副馆长在开幕致辞中表示，苏州过云楼顾氏家族收藏为中国历代书画的保存和流传做出了重要贡献。此次展览不但是对祖国悠远博大的民族文化的弘扬，也是对这批文物的捐赠者顾公雄家族崇高的爱国奉献精神的宣传和褒奖。同时，展览为沪港文化交流一个新的起点，将上博与香港文化艺术馆的友好交往提升到新的层次。展览受到香港民众的一致好评，在近三个月的展期中参观人数超 26000 人次。

明　文徵明《江南春词意图》卷

83 澳门艺术博物馆系列展览

展览图录封面

明　陈琦《行书跋程孟阳等诗翰》

澳门艺术博物馆（2004年至2018年）

　　澳门回归后成为"一国两制"高度自治、澳人治澳的特别行政区。为加强塑造和培养澳门市民的国家、民族和文化的认同感，澳门艺术博物馆举办了一系列有关中华历史文化的高质量展览。其中，联合上海博物馆和故宫博物院举办中国书画展就是其中至关重要的一环。

　　2004年起，上海博物馆应邀精选藏品赴澳门艺术博物馆参与举办了"至人无法——故宫、上博珍藏八大山人、石涛书画精品展""南宗北斗——董其昌诞生四百五十周年书画特展""乾坤清气——故宫、上博珍藏青藤白阳书画特展""豪素深心——明末清初遗民金石书画展""山水正宗——故宫、上博珍藏王时敏、王原祁及娄东派画精品展""梅景秘色——故宫、上博珍藏吴湖帆书画鉴赏精品展""渔山春色——纪念吴历逝世三百周年书画特展"等展览。

　　为了扩大和加强展览的宣传教育作用，澳门艺术博物馆通过报纸、电视台等新闻媒体对展览进行报道，推广，为观众讲解展览、举办专题讲座等活动，及出版图录和宣传手册等。与此同时，还广邀各地专家参加学术研讨会，就展览所涉及的书画家的艺术特点及其影响以及中国书画的发展展开探讨。这些展览大大促进了澳门市民对中华传统文化的了解和热爱，增强了他们的民族自信，每次展览的举办都成为当地的一场文化艺术盛事。

84 雍正——清世宗文物大展

展览图录封面

清 景德镇窑绿地粉彩描金堆花纹六角形瓶

台北故宫博物院（2009年10月6日至2010年1月10日）

2009年，台北故宫博物院冯明珠副院长访问上海博物馆，提及该馆计划举办"雍正——清世宗文物大展"，邀请上海博物馆和故宫博物院共同参加。为了促进两岸间文化交流，经国家文物局批准，上海博物馆提供清代景德镇窑绿地粉彩描金堆花纹六角形瓶一对参展。

此次展览是海峡两岸故宫博物院的首度合作，堪称破冰之展，也是上海博物馆与台北故宫博物院的首度合作，拉开了后续两馆合作的序幕。之后双方在"加强学术交流""加强展览交流""加强出版与资料交流"等八个方面达成共识，形成展览策略联盟机制。

出席展览开幕活动的有故宫博物院、沈阳故宫博物院、南京博物院、美国旧金山亚洲艺术博物馆、日本东京国立博物馆等世界知名博物馆馆长。以及台湾社会各界名流、台湾十余所博物馆馆长众多媒体，规模盛大，数以千人。

"雍正——清世宗文物大展"利用雍正时期留下的珍贵文献档案与精美书画器物，力图向世界还原一个真实的雍正皇帝。该展览吸引观众达75万人次。

85　文艺绍兴
——南宋艺术与文化特展

展览图录书画卷封面

台北故宫博物院（2010 年 10 月 8 日至 12 月 26 日）

　　2010 年，由国家文物局与台北故宫博物院合作举办的
"文艺绍兴——南宋艺术与文化特展"在台北故宫博物院
举行。来自上海博物馆、浙江省博物馆、辽宁省博物馆、
福建博物院、福州市博物馆、邵武市博物馆的 117 件／组
文物展出。展览展出了大量南宋时期珍贵的文物和文献资
料，全方位展现南宋在文化与艺术方面的成就。时任台北
故宫博物院院长周功鑫表示，南宋特展是台北故宫博物院
有史以来最大规模的借展，较之前一年的"雍正——清世
宗文物大展"的规模更为盛大。上海博物馆以馆藏绘画精
品南宋李嵩《西湖图》参展，这也是上海博物馆与台北故
宫博物院的第二次合作。

　　此次南宋特展一开幕就反响热烈，两岸人民都切实感
受到两岸文物应相互补充、合璧展出，以此更好的促进两
岸文化的交流与合作。

宋　李嵩《西湖图》卷

86 山水合璧
——黄公望与富春山居图特展

展览图录封面

元 倪瓒《六君子图》轴

台北故宫博物院（2011 年 6 月 1 日至 9 月 5 日）

　　《富春山居图》是元代四大画家之一黄公望晚年的精心杰作，也是中国绘画史上的旷世名迹。2010 年初，温家宝总理在"两会"记者招待会上表达了希望《剩山图》和《无用师卷》早日合展的愿望，激发了两岸同胞祈盼名画合璧的热情。同年 6 月，时任浙江省省长吕祖善在访台期间表示，愿将浙江省博物馆收藏的《剩山图》先送到台湾地区展出，希望台北故宫博物院的《无用师卷》在未来合适的时候到大陆展出。随后，合展合作事宜进入了"快车道"。浙江省博物馆与台北故宫博物院最终于 2011 年 1 月在《富春山居图》原创地富阳市举行了"山水合璧——黄公望与《富春山居图》特展"备忘录签署仪式。而在台北故宫博物院举办的本次特展，也终于实现了《富春山居图》分藏海峡两岸七十多年后最隆重的一次重逢，是历史性合璧。这幅画不仅仅是一件艺术珍品，更成为两岸相连的一个文化象征。

　　除了《富春山居图》外，为了充实展览内容，故宫博物院、中国国家博物馆、上海博物馆、南京博物院、云南省博物馆等共同参与展出，将黄公望其他传世书画遗迹及《富春山居图》临仿本呈现给台湾观众，以呈现黄公望艺术及其影响全貌，让观众对黄公望及《富春山居图》所启发的文人画精神有更深刻的认识。上海博物馆参展的是黄公望题倪瓒《六君子图》轴和黄公望题钱选《浮玉山居》卷，均为赫赫名迹。

　　中共浙江省委书记赵洪祝、中华文化联谊会会长赵少华、中华文物交流协会会长单霁翔、台湾中华文化总会会长刘兆玄、台北故宫博物院院长周功鑫等知名人士出席了开幕式，并先后致辞。周功鑫院长还宣读了时任中国国民党主席、台湾地区领导人马英九为特展发来的贺电。

　　此次展览也引起了观众的极大反响，展期内吸引观众达 52 万人次。

87 康熙大帝与路易十四特展

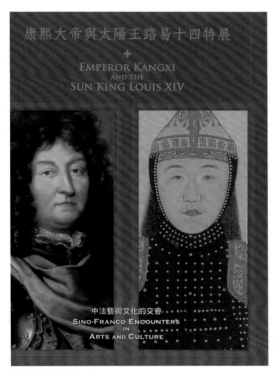

展览图录封面

《市场周刊（艺术财经）》2012 年第 2 期

台北故宫博物院（2011 年 10 月 3 日至 2012 年 1 月 3 日）

由台湾台北故宫博物院主办，中国文物交流中心等机构协办的"康熙大帝与路易十四特展"在台北故宫博物院隆重举行。上海博物馆提供景德镇窑青花瓷器 10 组（14 件）参与展出。除上海博物馆外，故宫博物院、沈阳故宫博物院均受邀参加此展。

这场历经三年筹划的展览，完整呈现了 17—18 世纪间康熙皇帝（1662—1722）与法王路易十四（1661—1715）两位同时代君王的文化风格与交流面貌，具体展现东西方在科学、艺术与文化方面的接触、交流以及相互影响的历程。

10 月 2 日晚，在台北故宫博物院举行了盛大的开幕式。展览的主办协办单位和赞助机构人员、海峡两岸文博界人士、法国博物馆界代表和当地各界嘉宾、媒体人士等约 800 人冒着风雨前来参加了开幕式。台北故宫博物院院长周功鑫、中国文物交流中心副主任殷稼、故宫博物院副院长纪天斌、法国博物馆界代表、各协赞机构代表在开幕式上致辞。《中国时报》等二十余家台湾地区媒体记者参加并报道了开幕盛况。

《收藏家》2012 年第 2 期

88 海上佛影
——上海博物馆藏佛教艺术展

展览图录封面

展览宣传海报

台湾高雄佛光山佛陀纪念馆（2019 年 12 月 7 日至 2020 年 6 月 28 日）

　　2018 年 4 月，上海博物馆代表访问高雄佛光山佛陀纪念馆，两馆初步达成合作办展意向。随后，为促进上海与宝岛台湾的文化交流，加深两岸同胞之间的情谊，两馆在上海市人民政府台湾事务办公室的大力支持下，签署了合作备忘录并着手筹划在台的展览项目。经过一年多的筹备，2019 年 12 月 7 日至 2020 年 6 月 28 日，上海博物馆在佛光山佛陀纪念馆举办了"海上佛影：上海博物馆藏佛教艺术展"，共展出 284 件佛教文物，包括金铜佛像、石刻造像、佛教玉器、佛教书画和唐卡等馆藏佛教艺术珍品以及上海地区考古出土的佛教相关文物。

　　上海从晚清至民国初年，就被文化人士称为"海上"，如有《海上繁华梦》《海上花列传》《海上梨园志》等著作。本次展览取名"海上佛影"旨在展示上海博物馆收藏传世及通过科学考古发掘所得的珍贵佛教造像和佛教文物。虽然佛教何时传入上海地区在史料中无明确记载，但根据敦煌莫高窟《西晋吴淞江石佛浮江壁画》和南朝梁简文帝萧纲《吴郡石像铭》中："建兴元年（313）吴郡娄县界松江之下，号曰沪渎……"另有题记"维卫""迦叶"两尊石像现身沪渎口浮海而来的记载，有吴县信士朱膺迎至苏州通元寺供养。记载中的娄县、松江下游、沪渎口，都在今上海境内，说明佛教至迟在 3—4 世纪已经传入上海，如此佛影也确实从"海上"而来。本次展览分为两个部分，第一部分为"上海博物馆藏佛教艺术珍品"，介绍上博馆藏历年收藏的佛教艺术精华，年代上跨越十六国至明清时期，勾勒出我国佛教艺术发展的大致脉络。第二部分为"上海地区出土佛教文物精品"，展出藏品均为在上海地区考古发掘出土的佛教文物，表现上海地区佛教自唐代以来繁荣兴盛的状况。上海现存的 13 座古塔，是佛教在上海传播发展的例证，也是上海珍贵的历史文化遗产。20 世纪 70 年代至今，上海文物主管部门先后对多座古塔进行了清理修缮，在兴圣教寺塔、李塔、法华塔、西林塔等古塔的地宫、天宫中发现了佛造像、佛塔、舍利子、玉石、玛瑙、水晶、珊瑚、石刻等文物 1500 件左右，不仅使宝塔增辉添彩，也为上海的文物考古写下了重重的一笔。

承办展览的佛陀纪念馆是台湾地区著名的佛教艺术博物馆，由星云大师于 1998 年创立，经历十数年的不懈努力，将佛陀教义与博物馆精神有机融合，开创出一片灿烂新天地，集宗教、文化、教育、旅游、休闲于一体，声名远播。多年来佛陀纪念馆一直致力于两岸文化交流，本次展览在该馆举办亦是两岸文化交流的一段殊胜因缘。佛馆结合本次展览开展了多样化的讲解、宣教、传播活动，并制作展览的网上虚拟展厅。展览得到包括《故宫文物月刊》《典藏·古美术》

《人间福报》等多家媒体的报道与评论，引发岛内民众的广泛关注。在展期中，佛陀纪念馆邀请专家在人间卫视《国宝档案》节目中解读展览内容和文物故事。佛光山所属的《人间福报》配合刊发了展览评论文章，突出展览"观照全面""罕见特殊""深度在地"的特点，为展览的传播、推广发挥了良好的效果，扩大了展览在当地的影响。展览展期涵盖春节、元宵节、佛光山开山节等节日，提高了展览的影响力，促进了两岸同胞之间的文化认同和交流。

本次展览得到了星云大师、佛陀纪念馆馆长如常法师以及纪念馆所有工作人员的大力协助。文化和旅游部、国家文物局、上海市文化和旅游局、上海市人民政府台湾事务办公室对展览的筹办工作给予了大力支持。展览原计划展出至 2020 年 5 月 3 日，因疫情影响延期到 6 月 28 日闭幕。在延展期间，佛馆为文物安全做了周全的保护，撤展时两馆工作人员共同协作，安全撤下所有文物，顺利返沪，为两岸交流又添佳话。

上博布展组与如常法师（右 5）及工作人员合影

展厅内场景

上博布展组加固展品

上博青铜部韦心滢在疫情中赴台撤展点交文物

附表：上海博物馆历年出境展览（1964 年至 2022 年，含港澳台）

序号	展览时间	展览名称	国家/地区	展览地点/合作方	展品类型	参展件组
1	1964	出国文物展	日本	日本	书画、陶瓷、青铜器、漆器等	94
2	1973—1974	中华人民共和国出土文物展览	法国	巴黎市美术馆小宫殿	漆器（元雕漆圆盒）	1
			英国	伦敦皇家艺术学院		
			美国	美国		
			加拿大	加拿大		
3	1975	出国文物展			青铜器	48
4	1976.3.30—5.23	中华人民共和国古代青铜器展	日本	东京国立博物馆	青铜器	46
	1976.6.15—8.8			京都国立博物馆		
5	1979	出国文物展			青铜器、绘画	3
6	1979	出国文物展	澳大利亚	澳大利亚	书画	22
7	1980.4.12—7.9	伟大的中国青铜时代	美国	纽约大都会艺术博物馆	青铜器	6
	1980.8.20—10.29			菲尔德自然历史博物馆		
	1980.12.10—1981.2.18			沃斯堡金贝尔艺术博物馆		
	1981.4.1—6.10			洛杉矶郡立艺术博物馆		
	1981.7.22—9.30			波士顿美术馆		
8	1980.9.11—9.24	上海博物馆珍藏文物展（1980 年中国工艺品展览会）	日本	横滨产业贸易中心	玉器、铜镜、珐琅器、瓷器、犀角、文具、皮影	183
9	1983.2.1—4.3	上海博物馆珍藏中国青铜器展	中国香港	香港艺术馆	青铜器	50

注：一次出境到多地巡展的展览按一项计算；本表格中未包括图片展、文创展

10	1983.5.4—9.30	上海博物馆珍藏——六千年的中国艺术展	美国	旧金山亚洲艺术博物馆	青铜器、陶瓷、绘画、雕塑和其他	232
	1983.11.5—1984.2.14			芝加哥菲尔德自然史博物馆		
	1984.3.16—7.9			休斯顿艺术博物馆		
	1984.8.11—11.30			华盛顿国家自然史博物馆		
11	1984.7.10—9.5	中国五千年之美——上海博物馆藏陶瓷珍品展	日本	东京西武美术馆	陶瓷	98
	1984.9.19—10.20			大阪东洋陶瓷美术馆		
	1984.11.3—12.19			爱知县陶瓷资料馆		
	1985.1.5—2.17			北九洲户畑区市立美术馆		
12	1986.1.4—1.9	扬州八怪展（现代书法二十人展览）	日本	东京上野松坂屋	书画	15
13	1986.3.25—4.13	中国明清书法名品展	日本	大阪立美术馆	书画	100
14	1987.4.17—4.26	上海博物馆藏画复制品展	中国香港	中华书局香港分局	书画复制品	
15	1987.6.23—7.28	敦煌吐鲁番文物展	中国香港	香港中文大学文物馆	经卷、佛画、雕版佛像	37
16	1987.7.7—7.22	上海博物馆藏明清书法精品	日本	东京北陆书道院	书法	25
17	1987.10.13—1988.1.3	中国文人书斋——明末艺术家的生活展	美国	纽约亚洲协会美术馆	玉器、陶器、青铜器、工艺	90
	1988.2.4—3.27			西雅图艺术博物馆、		
	1988.5.1—6.26			华盛顿赛克勒美术馆		
	1988.7.23—9.25			堪萨斯纳尔逊－阿特金斯艺术博物馆		

18	1988.3.11—23	上海博物馆藏青花瓷器展	日本	东京银座松屋	瓷器	90
	1988.3.29—4.3			大阪三越百货		
	1988.4.14—4.19			小仓井筒屋		
	1988.4.22—5.15			长崎县立美术博物馆		
	1988.5.20—6.19			宫崎县综合博物馆		
19	1988.5—1989.8	中国陈列室借展	美国	纽约大都会艺术博物馆	玉器、陶器、青铜器	20
20	1988.6.16—9.18	中国古代青铜器展	意大利	米兰市王宫大厅	青铜器	60
	1988.10.2—12.4		法国	里昂高卢罗马博物馆		
21	1988.9.15—11.13	中国艺术——上博珍藏文物展	德国	汉堡工艺美术博物馆	青铜器、陶瓷、绘画、工艺品	99
22	1989.2.25—3.1	上海博物馆"文房四宝"展	日本	日本名古屋名铁百货名铁美术画廊	笔墨纸砚	36
	1989.4.1—4.6			东京神田书道院		
23	1989.4.17—4.29	上海博物馆所藏书迹名品展	日本	大阪书艺院	书法	27
24	1990.5.1—1991.4.30	（出借陈列）	美国	纽约大都会艺术博物馆	良渚考古文物	27
25	1990.9.14—11.25	上海博物馆珍藏文物展	澳大利亚	昆士兰美术馆	青铜器、玉器、佛像、陶器	21
	1990.12.12—1991.2.17			新南威尔士美术馆		80
26	1991.3.7—1993.1.27	（借出陈列）	澳大利亚	堪培拉国家美术馆	青铜器	5
27	1991.5.16—5.21	上海博物馆藏——中国明清书画名品展	日本	松坂屋大阪店	书画	99
	1991.5.30—6.4			松坂屋上野店		
28	1992.4.9—8.9	上海博物馆藏良渚文化珍品展	中国香港	香港博物院	良渚考古文物	93

29	1992.4.17— 6.14	董其昌的世纪 （1555—1636）	美国	堪萨斯纳尔逊美术馆	书画	50
	1992.7.19— 9.20			洛杉矶郡立艺术博物馆		
	1992.10.22— 1993.1.10			纽约大都会艺术博物馆		
30	1922.4.20— 10.20	1492世界文化艺术展	西班牙	塞维利亚世博会	陶瓷、绘画、 工艺品	8
31	1992.8.26— 9.28	日中友好沙龙	日本	大阪	陶瓷，工艺品	7
32	1992.8.22— 10.4	王朝末年 （1796—1911）绘画展	美国	凤凰城艺术博物馆	绘画	5
	1992.11.7— 1993.1.3			丹佛艺术博物馆		
	1993.3.17— 4.19			夏威夷火奴鲁鲁艺术博物馆		
33	1992.12.12— 1993.2.28	抛弃画笔——高其佩 及其追随者	荷兰	阿姆斯特丹国家博物馆	绘画	6
34	1993.6.29— 8.22	上海博物馆名品展	日本	东京国立博物馆	青铜器、陶瓷、 绘画、工艺品	126
	1993.9.1— 9.26			日本名古屋爱知县美术馆		
	1993.10.2— 11.7			日本福冈市美术馆		
35	1993.9.24— 11.7	世界之青花	日本	佐贺县立九州陶瓷文化馆	瓷器	50
36	1994.2.20— 7.10	上海博物馆古代青铜 器展	墨西哥	墨西哥城当代艺术博物馆	青铜器	69
37	1994.5.24— 6.26	上海博物馆藏中国书 画名品展	日本	大阪市立美术馆	书画	110
38	1994.8.18— 8.22	谢稚柳，村上三岛二 人合作书画展	日本	大阪书艺院	书画	30
39	1994.9.13— 10.23	中国六千年秘宝展	日本	新潟市美术馆	青铜器、瓷器、 书画、工艺品	110
	1994.11.1— 12.18			北海道立带广美术馆		
	1994.12.24— 1995.2.12			郡山市立美术馆		
40	1994.9.27— 1995.8.16	（借出陈列）	澳大利亚	堪培拉国家美术馆	石刻	1

41	1995.1.31—4.30	上海博物馆藏中国古代艺术展	瑞典	哥德堡罗斯工艺美术馆	陶瓷、青铜器、玉器、绘画	99
42	1995.4.21—11.5	中国瓷器名品展	日本	佐贺县有田陶瓷公园	瓷器	75
43	1995.8.1—10.31	上海博物馆藏中国古代青铜器展	中国台湾	台湾自然科学博物馆	青铜器	63
44	1995.9.8—9.27	中国千年佛像展	中国澳门	澳门市政厅画廊	佛像	40
45	1995.8.18—1996.8.10	（借出陈列）	澳大利亚	澳大利亚国家美术馆	石刻造像	1
46	1996.4.26—6.2	东亚之佛像展	日本	奈良国立博物馆	佛像	3
47	1996.5.18—9.16	屏居佳具——中国16—17世纪家具	美国	波士顿美术馆	家具模型	24
48	1996.5.30—6.4	上海博物馆藏品展	日本	富山县北陆书道院	甲骨、青铜、文房四宝	24
49	1996.8.12—1997.8.19	（借出陈列）	澳大利亚	澳大利亚国家美术馆	石刻造像	1
50	1996.11.9—1997.1.25	沪港藏珍精选展	中国香港	香港大学美术博物馆	青铜器、陶瓷、书画	27
51	1997.8.1—1998.2.1	五千年前长江古文明——良渚文化特展	中国台湾	台湾自然科学博物馆	陶器、玉器、模型	97
52	1997.10.24—1998.1.4	紫泥清韵——陈鸣远款紫砂陶艺	中国香港	香港中文大学文物馆	紫砂	50
53	1998.2.4—6.3	中华五千年文明艺术展	美国	古根海姆博物馆	书画	51
	1998.7.18—10.25		西班牙	毕尔堡古根海姆博物馆		
54	1998.4—6	天平展	日本	奈良国立博物馆	象牙器、青铜镜	6
55	1998.9.23—1999.1.10	中国古代的礼仪与盛筵——上海博物馆藏中国古代青铜器展	法国	巴黎赛努奇博物馆（巴黎亚洲艺术博物馆）	青铜器	59
56	1999.3.13—7	中国的辉煌：来自上海博物馆的5000年中国艺术（中华瑰宝）	新西兰	达尼丁市立美术馆	青铜器、瓷器、绘画、玉器、工艺	90
	1999.7.14—10.10			怀卡托美术历史博物馆		

57	1999.4.6—4.13	被称作神器的陶瓷——宋瓷展	日本	东武美术馆	瓷器	3
	1999.4.25—6.13			大阪市立东洋陶瓷美术馆		
	1999.6.20—8.15			山口县立荻美术馆浦上纪念馆		
58	2000.2.19—5.21	上海博物馆藏海派绘画	英国	苏格兰皇家博物馆	绘画	59
59	2000.4.17—7.16	上海博物馆藏青铜器名宝展	日本	滋贺县佐川美术馆	青铜器	78
60	2000.4.28—2001.10.21	（借出陈列）	美国	华盛顿大屠杀博物馆	建筑装饰	1
61	2000.9.1—11.15	竹与园林石——中国明代艺术展	芬兰	艾斯堡奥修艺术博物馆	绘画、家具、瓷器、工艺、印章	42
62	2000.11.4—2001.1.7	道教与中国艺术展	美国	芝加哥艺术学院	绘画、雕塑	4
	2001.2.21—5.13			旧金山亚洲艺术博物馆		
63	2001.3.24—6.10	华容世貌——上海博物馆馆藏明清人物画展	中国香港	香港大学美术博物馆	绘画	50
64	2001.5.10—5.15	中国明清扇面名品展	日本	大阪松坂屋	扇面	100
65	2001.10.27—12.16	上海博物馆藏品展	美国	夏威夷中华总商会、火奴鲁鲁美术学院	绘画、玉器	35
66	2002.4.23—5.19	雪舟逝世500周年特别展	日本	东京国立博物馆	绘画	1
67	2002.10.24—12.15	中国文人世界	日本	秋田市千秋美术馆	陶瓷、书画、工艺	91
	2003.4.11—5.25			广岛县吴市立美术馆		
	2003.6.3—7.13			东京都松涛区立美术馆		
	2003.7.24—8.31			米子市美术馆		
68	2003.1.8—3.7	上海博物馆藏品展	美国	火奴鲁鲁美术学院	青铜器、书法	15
69	2003.3.21—6.15	上海博物馆藏过云楼书画集萃	中国香港	香港艺术馆	书画	72

序号	时间	展览名称	国家/地区	展出地点	展品类别	数量
70	2003.4.17—6.15	五千年名宝——上海博物馆展	日本	岛根县立美术馆	青铜器、陶瓷、书画、工	104
	2003.6.27—7.27			横滨十合美术馆		
	2003.8.6—9.28			岐阜市历史博物馆		
	2004.1.10—2.15			高知市文化会馆		
	2004.3.17—5.10			大阪历史博物馆		
71	2003.6.24—10.13	中国当代艺术展	法国	巴黎蓬皮杜艺术中心	玉器、铜镜、书法	3
72	2004.1.13—4.15	交流的博物馆：上海与巴黎——牺尊特展	法国	吉美国立亚洲艺术博物馆	青铜器	1
73	2004.3.12—5.9	灵山——上海博物馆藏明清山水画展	澳大利亚	新南威尔士美术馆	绘画	79
	2004.5.20—7.18		新加坡	亚洲文明博物馆		
	2004.8.4—10.3		美国	夏威夷火奴鲁鲁美术学院		
74	2004.3.30—6.28	神圣的山峰展	法国	巴黎大皇宫博物馆	书画、雕塑、青铜器、工艺	28
75	2004.6.22—9.12	宴会、礼仪和庆典：上海博物馆藏古代青铜器展	西班牙	巴塞罗那加泰罗尼亚国立艺术博物馆	青铜器	31
	2004.11.9—2005.1.2		葡萄牙	里斯本贝伦文化中心		
76	2004.7.5—8.29	晕水墨章写万物——中国明清水墨画展	法国	巴黎莫奈博物馆	绘画	30
77	2004.9.4—11.21	至人无法——故宫、上博珍藏八大山人、石涛书画精品展	中国澳门	澳门艺术博物馆	绘画	60
78	2004.9.16—2005.1.23	中国文人精神展	瑞士	日内瓦拉斯博物馆	青铜器、陶瓷、书画、工艺	120
79	2004.9.28—2005.3.27	中国国宝展II	日本	东京国立博物馆	雕塑	4
				大阪国立国际美术馆		
80	2004.11.4—11.22	中国古代青铜器展	阿根廷	布宜诺斯艾利斯装饰艺术博物馆	青铜器	100

81	2005.9.2—11.20	南宗北斗——董其昌诞辰四百五十周年书画特展	中国澳门	澳门艺术博物馆	书画	60
82	2005.10.25—2006.2.5	清十九世纪景德镇雕瓷展	中国香港	香港大学	瓷器	2
83	2005.12.9—2006.2.12	陈曼生的艺术展览	中国香港	香港中文大学文物馆	陶瓷、书画、印章	65
84	2006.1.11—2.19	书之至宝——日本和中国	日本	东京国立博物馆	书法	65
85	2006.2.16—4.9	暂得楼清代官窑单色釉瓷器展	中国香港	香港中文大学文物馆	瓷器	14
86	2006.4.25—6.25	上海博物馆与英国巴特勒家族所藏17世纪景德镇瓷器特展	英国	维多利亚和阿尔伯特博物馆	瓷器	40
87	2006.9.8—11.19	乾坤清气——故宫、上海博物馆珍藏青藤白阳书画特展	中国澳门	澳门艺术博物馆	书画	120
88	2006.11.23—2007.10.22	（中国艺术陈列馆借展）	澳大利亚	昆士兰美术馆	石刻佛像、陶瓷器	20
89	2007.2.18—8.19	中国五千年艺术与文化展：上海博物馆珍品展	美国	洛杉矶宝尔博物馆	青铜器、陶瓷、工艺、书画	77
	2007.9.15—2008.1.6			休斯敦自然历史博物馆		
90	2007.3.1—5.20	来自上海博物馆珍宝展	挪威	奥斯陆国立艺术、建筑和设计博物馆	陶瓷、工艺、青铜器	90
91	2007.6.15—9.10	上海博物馆藏中国古代青铜器和玉器展	韩国	釜山博物馆	青铜、玉器	95
92	2007.6.15—9.23	上海博物馆珍藏展	俄罗斯	圣彼得堡艾米塔什博物馆	陶瓷、工艺、青铜器	113
93	2007.11.25—2008.10.24	（中国艺术陈列馆借展）	澳大利亚	昆士兰美术馆	瓷器	20
94	2008.2.3—11.10	上海博物馆藏中国古代青铜器展	荷兰	格洛宁根博物馆	青铜器	61
95	2008.6.27—9.21	权力与辉煌：明代宫廷艺术展	美国	旧金山亚洲艺术博物馆	绘画、家具	10
	2008.10.26—2009.1.18			印第安纳波利斯艺术博物馆		
	2009.2.18—5.17			圣路易斯艺术博物馆		

96	2008.9.16—2009.3.15	帝王之龙：上海博物馆珍品展	新西兰	达尼丁奥塔哥博物馆	青铜器、瓷器、玉器、纺织品、绘画	103
97	2008.9.9—2009.1.4	王翚艺术展	美国	大都会艺术博物馆	绘画	3
98	2008.11.25—2009.9.30	（中国艺术陈列馆借展）	澳大利亚	昆士兰美术馆	瓷器	20
99	2009.1.29—3.27	中国古代城市文明与礼仪文化——中国青铜玉器展	英国	大英博物馆	青铜器、玉器	59
100	2009.2.28—8.2	首阳吉金：胡莹盈、范季融藏中国古代青铜器	中国香港	香港中文大学文物馆	青铜器	68
101	2009.4.9—2009.9	独特的视角——罗聘的艺术世界	瑞士	苏黎世丽特伯格博物馆	绘画、印章	10
	2009.9—2010.1.9		美国	纽约大都会艺术博物馆		
102	2009.9.4—11.22	豪素深心——明末清初移民金石书画展	中国澳门	澳门艺术博物馆	书画	115
103	2009.10.6—2010.1.10	雍正——清世宗文物大展	中国台湾	台北故宫博物院	瓷器	2
104	2009.10.9—2010.1.3	啸虎与跃鲤：中国动物画中的象征意义	美国	辛辛那提艺术博物馆	绘画	5
105	2010.1.28—5.2	描绘中国：明清绘画中的叙事艺术——上海博物馆藏品展	爱尔兰	都柏林切斯特·比替图书馆	绘画	38
106	2010.2.12—9.5	上海	美国	旧金山亚洲艺术博物馆	绘画	22
107	2010.4.15—9.5	秦汉—罗马文明展	意大利	米兰王宫	青铜器	1
	2010.11.18—2011.2.6			罗马威尼斯宫与罗马元老院		
108	2010.9.20—2011.1.2	忽必烈的时代——中国元代艺术展	美国	纽约大都会艺术博物馆	绘画、漆器、瓷器	6
109	2010.9.28—11.23	千年丹青——中国日本藏宋元绘画精品展	日本	东京国立博物馆	绘画	39
110	2010.10.8—12.26	文艺绍兴——南宋艺术与文化特展	中国台湾	台北故宫博物院	绘画	1
111	2010.10.14—2011.1.16	帝王之龙——上海博物馆珍藏展	哥伦比亚	波哥大黄金博物馆	青铜器、瓷器、玉器、纺织品、绘画	103

112	2010.11.5—2011.1.2	首阳吉金：胡莹盈、范季融藏中国古代青铜器	美国	芝加哥艺术博物馆	青铜器	9
113	2011.4.16—10.23	上海博物馆明清官窑瓷器展	荷兰	海牙市立博物馆	瓷器、织品	102
114	2011.6.1—9.5	山水合璧——黄公望与富春山居图	中国台湾	台北故宫博物院	绘画	2
115	2011.9.7—11.13	山水正宗——故宫、上博藏王时敏、王原祁"娄东派"绘画精品展	中国澳门	澳门艺术博物馆	绘画	60
116	2011.10.3—2012.1.3	康熙大帝和路易十四展	中国台湾	台北故宫博物院	瓷器	14
117	2012.1.7—2.26	中日近代绘画展	日本	京都国立博物馆	绘画	4
118	2012.11.20—2013.2.20	中华瑰宝展	土耳其	托普卡皮皇宫博物馆	青铜器、陶瓷、工艺	32
	2013.04.29—8.1		罗马尼亚	国家博物馆		
119	2013.3.5—6.2	上博藏明代绘画珍品展	美国	洛杉矶郡立艺术博物馆	绘画	10
120	2013.3.7—6.30	海上画派（1840—1920）——上海博物馆绘画和书法作品展	法国	巴黎市赛努奇博物馆（巴黎亚洲艺术博物馆）	绘画、篆刻	54
121	2013.7.6—10.28	从丝到银：来自上博的中国少数民族工艺藏品展	新西兰	达尼丁市奥塔哥博物馆	工艺（服饰等）	73
122	2013.9.5—11.17	山水清晖——故宫、上博珍藏王鉴、王翚及"虞山派"绘画精品展	中国澳门	澳门艺术博物馆	绘画	62
123	2013.10.8—12.1	中国绘画至宝——上海博物馆展	日本	东京国立博物馆	绘画	40
124	2013.10.26—2014.1.19	中国古代绘画名品展700—1900	英国	维多利亚和阿尔伯特博物馆	绘画	2
125	2014.6.28—9.21	上海博物馆藏中国古代青铜器展	美国	威廉姆斯敦克拉克艺术馆	青铜器	40
126	2014.7.28—9.28	山水画：寻求理想乡	韩国	韩国国立中央博物馆	书画	5
127	2014.9.26—11.16	梅景秘色——吴湖帆书画鉴赏精品展	中国澳门	澳门艺术博物馆	书画	73

128	2014.9.18—2015.1.5	明：皇朝盛世五十年（1400—1450）	英国	大英博物馆	陶瓷、绘画、工艺品等	7
129	2014.10.12—2015.3.10	变革与壮景：中国装饰青铜器	美国	纽约大都会博物馆	青铜器	15
130	2016.4.12—2017.2.26	亚洲之旅——与上海博物馆共同演绎展	日本	东京国立博物馆	青铜器、陶瓷、家具、织品、佛像	55
131	2016.6.16—2017.2.16	上海博物馆藏中国古代瓷器珍品：10—19世纪	意大利	意大利罗马威尼斯宫国立博物馆	陶瓷	76
132	2016.9.17—2017.1.9	园林、艺术、商业：中国木刻版画	美国	洛杉矶汉廷顿图书馆、艺术收藏与植物园	古籍	4
133	2017.1.13—2017.3.12	明代女画家李因绘画展	中国香港	香港中文大学文物馆	书画	7
134	2017.7.6—2017.12.3	中国和埃及：世界的摇篮	德国	柏林国家博物馆下属埃及博物馆和莎草纸文稿收藏馆	青铜器、陶瓷、工艺等	136
135	2017.10.25—2018.1.28	悔僧——陈洪绶艺术中的幻境与幻灭	美国	加州大学伯克利艺术馆	书画	12
136	2017.10.28—2018.4.30	来自上海博物馆的珍宝	希腊	雅典卫城博物馆	书画、青铜器	2
137	2018.2.25—5.13	吉金鉴古：皇室与文人的青铜器收藏"特展	美国	芝加哥艺术博物馆	青铜器、书画	31
138	2018.4.16—7.25	上海博物馆藏明代艺术珍品展	俄罗斯	莫斯科克里姆林宫博物馆	青铜器、书画、工艺、陶瓷等	156
139	2018.3.9—8.26	中国芳香：古代中国的香文化	法国	巴黎赛努奇博物馆（巴黎亚洲艺术博物馆）	青铜器、书画、工艺、陶瓷等	91
140	2018.10.15—12.15	青出于蓝——青花瓷的起源、发展与交流	乌兹别克斯坦	国家历史博物馆	陶瓷	18
141	2018.9.7—11.11	渔山春色——纪念吴历逝世三百周年书画特展	中国澳门	澳门艺术博物馆	书画	42
142	2019.6.18—8.18	钱币的旅程：丝绸之路上的中国和匈牙利	匈牙利	匈牙利布达佩斯雅典娜智慧屋	钱币	95
143	2019.12.7—2020.6.28	海上佛影——上海博物馆藏佛教艺术展	中国台湾	高雄佛陀纪念馆	雕塑、书画、工艺、考古	284
144	2019.7.9—9.16	三国志	日本	东京国立博物馆	书画、石刻等	5
	2019.10.1—2020.1.5			九州国立博物馆		

145	2020.2.9—9.7	何处寻真相——仇英的艺术	美国	洛杉矶郡立艺术博物馆	书画	8
146	2021.2.2—3.7	中韩牛年生肖展	韩国	国立中央博物馆	青铜器、陶瓷	2
147	2021.9.16—11.14	中国古代青铜文明展	韩国	国立中央博物馆	青铜器	67
148	2021.10.6—2022.2.12	龙与凤——中国与伊斯兰世界的千百年艺术交融	阿联酋	卢浮宫阿布扎比博物馆	瓷器	5
149	2021.12.20—2022.3.20	漆器之美——再看亚洲的漆工艺	韩国	国立中央博物馆	漆器	24
150	2022.2.24—5.8	取材幽篁体——中国竹刻艺术展	列支敦士登	国家博物馆	竹刻	60

后 记

　　这应当是上海博物馆历史上第一次系统整理出境展览资料。如杨馆长在前言中所说，理清博物馆的"家底"十分重要。70 年来的出境展览档案庞杂，要多方查证核实，犹如一次考古。匆忙辑成此书，希望能够反映上博 70 年来出境展览的大致面貌。

　　在此，要向所有参与过出境展览工作的上海博物馆前辈们致敬，正是他们的默默奉献为我们留下了这笔宝贵的财富。囿于篇幅，个中精彩故事未能一一详说。借此机会，向各位同行、前辈、读者征集相关资料和照片，以资补益。

　　参与编写此书的为上海博物馆文化交流办公室现职工作人员，他们有的在博物馆工作多年，亲历过部分出境展览，有的刚刚入馆是新上博人，调查档案的过程也是学习上博历史、传承上博精神的过程，受益颇丰。我们还要感谢上海博物馆原副馆长陈克伦老师和文化交流办公室原主任周燕群老师，两位资深前辈对本书内容的组织提供了非常好的建议和补充。然而书中不免有谫陋谬误之处，务请前辈、同行、读者不吝教正。

　　最后也是最重要的，感谢海内外的同行、学者、捐赠人和观众朋友们陪伴上博七十载，你们对艺术的热爱、对美好的向往和对知识的孜孜以求，不断地启发、激励着我们超越自我、勇毅向前。

专家顾问：（按姓氏笔画）

杨志刚 陈克伦 周燕群

撰写整理：

徐立艺 孙峰 梁薇 张洁

徐泽诚 向敏瑄 葛如超 周序文

档案协助：

沈羽阳

图书在版编目（CIP）数据

金色华章：上海博物馆文化交流展览集粹 / 上海博
物馆编. -- 上海：上海书画出版社, 2022.12
　（上海博物馆特展纵览）
　ISBN 978-7-5479-2978-0

Ⅰ.①金… Ⅱ.①上… Ⅲ.①文物－中国－图集
Ⅳ.①K870.2

中国版本图书馆CIP数据核字(2022)第236589号

金色华章
上海博物馆文化交流展览集粹

上海博物馆 编

主　　编　　褚晓波
责任编辑　　王　彬　袁　媛
审　　读　　雍　琦
装帧设计　　张晶晶
图像制作　　白瑾怡
美术编辑　　盛　况
技术编辑　　包赛明
印装监制　　朱国范

出版发行　　上 海 世 纪 出 版 集 团
　　　　　　上海书画出版社
地　　址　　上海市闵行区号景路159弄A座4楼
邮政编码　　201101
网　　址　　www.shshuhua.com
E-mail　　shcpph@163.com
设计制作　　上海公牛广告有限公司
印　　刷　　上海中华商务联合印刷有限公司
经　　销　　各地新华书店
开　　本　　635×965　1/8
印　　张　　24
版　　次　　2022年12月第1版　2022年12月第1次印刷

书　号　　ISBN 978-7-5479-2978-0
定　价　　280.00元
若有印刷、装订质量问题，请与承印厂联系